SV

Albert Ostermaier

# SOLARPLEXUS

Gedichte

Suhrkamp

Satz: Hümmer GmbH, Waldbüttelbrunn
Druck: Nomos Verlagsgesellschaft, Baden-Baden
Printed in Germany
Erste Auflage 2004
ISBN 3-518-41592-1

1 2 3 4 5 6 – 09 08 07 06 05 04

solarplexus

## topographie für ein weites land

alles auf sehnsucht einrichten nichts
auf gewohnheit das natürliche ist
das chaos die seele ein fluss wenn
er über die ufer bricht das wasser
in den händen die erde unter den
augen der himmel hat hinter den
wolken eine blaue haut und wartet
bis der baum aus dem nebel seine
arme in der luft verzweigt der wind
aus süden den tau von knospen
liest die weite einen herzschlag
näher kommt zu dir und du den
horizont wie ein blatt papier
in deine brusttasche faltest wo
immer du auch hingehen willst

bewegungsmelder

## sensor

so weit geirrt wir verlieren
an höhe eine reise beginnt
mit dem ersten schritt ich
kann mich nicht erinnern
die distanz zwischen daumen
und zeigefinger die
flügelbreite einer mücke
was kann ich erzählen
ich bin gescheitert ich
bilde mir nichts darauf ein
reisende lügen nicht die
wiesen sind grün der fluss
entspringt dem stein in
einer hand die über das
meer fahren wechseln
nur die himmel nicht
aber die farbe ihrer augen
du hättest sie schliessen
sollen als der sturm kam
das singen der sandkörner
auf deiner stirn wer in die
wüste geht wird nicht
derselbe bleiben überall
dieselben städte trabanten
tangenten ausfallstrassen
kopfbahnhöfe lungen
infarkte ein fenster schlägt
im wind hirnschläge
zeigen sie das verlassen
des kreisverkehrs an die
serviette auf den knien
ein schatten über dem
ubahnschacht du bewegst

dich und die stadt bewegt
sich mit du läufst rennst
aufzüge absperrgitter
drehtüren metalldetektoren
laufbänder laufen rennen
stolpern am boden das
kaugummipapier aufstehen
gehen laufen der schweiss
fliesst über deine haut saugt
sich in dein hemd die ränder
am rücken die schweissränder
der vorstädte deine schritte
schneller als dein atem warum
läufst du bleib stehen alles
kommt auf dich zu du musst
nur stehen bleiben nichts als
stehen bleiben bleib stehen
dreh dich nicht halte die
luft an zähle die haare auf
deinen armen wenn ich
meinen arm heben könnte
würde sand aus meinen
ärmeln fliessen ich möchte
in einem taxi übernachten
mich auf der rückbank
zusammenkrümmen das
gesicht auf dem leder die
gerüche der fremden mit
meinen vermischen und
schlafen wieder schlafen
im schlaf stillstehen nur
meinem atem vertrauen
den reifen dem asphalt
den stromkabeln über den
schienen der zuversicht
der ampeln dass alles

weitergeht nach einer
zeit des wartens der
ungeduld was ist diese
ungeduld in mir meine
gedanken die nicht still
stehen sie kreisen durch
meinen körper kreisen
als hätten sie rotierende
messer an ihren rändern
als frästen sie einen hohlraum
in die mitte meines körpers
für eine säule auf der mein
kopf ruhen könnte
ich dreh mich nicht um
mein genick ist blockiert
die flügel des engels liegen
auf meinen schulterblättern
ich wollte den verlust
ertragen ich habe es versucht
es lässt sich nicht leugnen
du bist verschwunden
verloren ich werde mich nie
mehr umdrehen hinter mich
blicken über meine schultern
schauen du bist ein phantom
schmerz in meinem rücken
hätte mein rückgrat hände
es würde nach dir greifen
ins leere das beste im
leben ist vorbei und seine
bitterkeit verdoppelt ich
habe menschen in
verschiedenen ländern
kennengelernt und finde sie
finde dich nicht finde sie
verachtenswert mein herz

ist krank ich werde selbst
süchtig und misanthropisch
meine angelegenheiten
sind trübe genug ich habe
all meine begierden und die
meisten meiner eitelkeiten
überlebt meine rastlosigkeit
sagt mir dass ich etwas in
mir habe das jeden sinn
ignoriert wer hat diese
schwache hülle erleuchtet
und verlängert nun das feuer
nicht und verbrennt mich
wer macht mich zu dem
was ich nicht bin ich
beschleunige mich aus
meiner mitte und suche
in der geschwindigkeit
den stillstand den moment
da alles sich bewegt ich
will in der bewegung
die bewegungslosigkeit
finden nicht die lähmung
die ruhe im fluss bevor er
mich fortreisst über die
klippen es ist nutzlos zu
sagen wo die gegenwart
ist ich bin anfällig für
schwindel ich fürchte mich
nicht die furcht ist ein
beglückendes gefühl nur
die hoffnung ist unerträglich
weil sie die furcht überwindet
der kleiderbügel im schrank
des hotelzimmers ohne einen
haken ich nehme den geruch

eines schranks an der kleider
die in ihm hingen der motten
und des giftes gegen sie der
schuhe die in ihm standen
ein mensch gekrümmt in
einen schrank die hände
mit plastik geschnürt über
den mund ein klebeband
der spiegel im rücken die
beleuchtung springt an
wenn man den schrank
öffnet seine springenden
augen ans dunkel gewöhnt
ins licht gerissen die hellen
ränder der angst man
vermietete in den strassen
durch welche die hinrichtung
gehen sollte die fenster
trug die dächer ab und lud
freunde ein im badezimmer
die durchsichtige flasche
mit dem blauen gel das sich
auf der haut zu schaum
verwandelt die nachrichten
aus dem fernsehgerät neben
dem verstellbaren duschkopf
die härte des strahls die
streichholzschachtel im
aschenbecher wenn ich sie
öffne springt es mich an
zündköpfe das wasser fliesst
über meine haare es gibt
gewisse irrtümer die
aufwändiger sind als
die wahrheit selbst ich
stehe vor dem spiegel mit

den nassen füssen auf einem
blauen handtuch die hände
unter dem laufenden wasser
auf dem waschbecken das
rasiermesser die barthaare
im ausguss das auge wirbel
systeme muster magnetische
späne gleichsam von diesem
augenblick an ging eine
unbegreifliche veränderung
in mir vor ich stand tagelang
vor dem spiegel die jahre
vergingen und ein reiz
nach dem anderen verliess
mich eine unbegreifliche
gewalt schien sich wie ein
eisernes netz um meine
muskeln zu legen nach
einer ewigkeit vollendete
ich das kreuz auf dem
blatt für die bestellung
kaffee eier marmelade
brot bitte nicht stören
nur die gleichen hotels ich
reise in einem zimmer das
gesetz der serie augen im
schrank meine neben dem
waschbecken der kreisrunde
spiegel vergrössert meine
pupillen seide ein schal
aus seide um ihren hals
die zahnseide an seiner
kehle der zug meiner hände
in jeder stadt meine hände
an meinem kehlkopf
die kleider über den stuhl

geworfen nackt im
fahrstuhl spiegel langusten
hummerbesteck der ölige
fisch im papier das fett
wie es über meine uhr
läuft das ziffernblatt der
rauch aus den tonnen
sekunden vermummte
gesichter sandalen im
schnee der gipfel eine
wolke wohin sie zieht
ein stempel aus wolken
in meinem pass schriften
wie wogende ähren die
bestätigung meiner
anwesenheit der wind
wie spät ist es wie lange
werde ich dich suchen
die idee deine einmal
um die welt zu fliegen
ohne je die flughäfen
zu verlassen fremde
hände an meiner brust
kreisende fangarme
metallkreise über meinem
herzen an meinem körper
entlang die suche
warntöne ich ziehe
meine schuhe aus
öffne die gürtelschnalle
der weg zurück und
wieder durch das tor
lasse alle hoffnung
fahren wo ist der
magnet der mich zu
sich zieht weiter aus

dem schritt an meiner
schulter der mir die
arme nach vorne wirft
der schaum über meinen
wangen das rasiermesser
die glätte der haut die
klingen unter dem wasser
die haarspäne im ausguss
der magnet in die tiefe
hinunter durch schächte
staustufen unter der stadt
ein sonnenstrahl fällt
durch das gitter hinab
auf mich meine finger
schlafen ein die taubheit
als ich den gurt schliesse
das metall berühre wo
bin ich die automatik
meiner bewegungsabläufe
die vermeidung jeglichen
energieverlustes das ritual
des unterwegsseins als
käme ich nicht von der
stelle ein fangnetz aus
erinnerungsknoten
überall der versuch
vertrautes zu orten einen
ort im ortlosen zu erfinden
einen alltag im getriebensein
je grösser die weite desto
kleiner der radius tangenten
die sich über meiner stirn
kreuzen handgepäck
express-check-in nur am
gang sitzen nur die vorderen
plätze im bus am ausgang

im zug neben dem restaurant
zwei becher kaffee zwei
milch in die ritzen des deckels
gesteckt der holzstab zum
umrühren überflüssig der
gang zurück zum platz die
verzögerung vor den
glastüren die verklebten
bewegungssensoren das
balancieren zwischen
ausgestreckten beinen
blicken die mich fixieren
während ich mich fort
bewege fort fort fort wohin
eine landschaft stacheldraht
gewachsen in die rinde der
bäume die spitzen der gräser
die maschine fährt durch
mein haar reissfäden an
den wolken ein bach die
schürfwunden der wellen
vom fliessen über die
steine vernarbtes ufer
eine wiese die wespen
mit der hand über meinen
kopf fahren stühle die zu
den fällen treiben ein tisch
in einem abgebrannten
feld wir sitzen uns
gegenüber auf deinem
teller ein skorpion sein
gläserner panzer der
stachel ein hund schleckt
mir aus der hand der wind
trägt auf seiner brust ein
schild ICH und fragt mich

nach dem zweiten
passwort für das innere
des hauses ich schlucke
chlor tauche nach der
muschel am boden des
beckens ich möchte
deinen liegestuhl mit
meinen nerven bespannen
spüre deine hände hinter
dem handtuch auf meinem
rücken als ich euch fand
konnte ich die tür nicht
öffnen ich stand vor der
tür der endlose gang
vor der tür bewegungslos
als müsste ich die klinke
mit dem druck meiner
schläfen öffnen die
gewissheit wenn ich
mich umdrehe für
immer zu laufen
ich warte
auf ihn in der garage
die wagentür
der rückspiegel mein
schatten auf seinem
kofferraum die zahl
der schritte bis zum
nächsten pfeiler die
schleifspuren der
stosstangen der gummi
den ich vom beton kratze
unter meinen fingernägeln
der wäschebeutel im
schrank die schnur um ihn
zuzuziehen reinigen bügeln

bundfalten die streifen der
hemden am horizont ein
streifen licht den bus
wechseln das dreckige
geschirr in der durchreiche
der raststation militärkontrollen
kinder mit maschinengewehren
aus ihren hüften gewachsen
die grenze zu fuss über die
grenze nie zurück nie mehr
zurück der schweiss auf den
lippen beim trinken sitzen
bleiben bis zum ende des
abspanns der zerknüllte
fahrplanausdruck eines
fremden ich gehe seinen
weg suche seine verbindungen
ich laufe davon könnte
ich nicht dasein irgendwo
endlich da sein dort wohin
ich gehöre ich gehöre
niemandem gehorche dem
impuls des umsteigens aus
einer rolle in die andere und
irgendwann rollt alles
aus der gang im leerlauf die
fenster offen die augen
geschlossen ich kann nicht
mehr schlafen wäre der
schlaf das ende der reise
wäre der schlaf ein ziel
es hört nie auf bis ich
aufhöre und wenn du an
mich denkst bewegen
sich die bilder in deinem
kopf dein herz schlägt

auch wenn du deinen
atem anhältst ich kann
nicht mehr ich möchte
alles beenden alles anhalten
alle in die stille zwingen
zum stillstand bringen
koma ich erwache da
ist eine hand der druck
du hast gewartet
einer hand auf meiner

## stay

wir dürfen keinen fehler machen
wollt ich zu ihm sagen doch
als ich ihn ansah liess ich es
ja ich leide grausam ohne
ende ohne dich im gegenteil
ohne zweck die narbe am
griffelende der blüte die
jalousien die sich wie
narben öffnen in wunden
aus licht streifen aus licht
die mir näher kommen
das gitter auf dem boden
mein fuss der streifen
über meinem nackten fuss
ich bin nicht eifersüchtig
das zittern deiner lider
in der sonne wenn du aus
der tür trittst lasse ich alle
hoffnung und du fährst
mit der hand über deine
stirn deine augen zwischen
zeigefinger und daumen
bis sie sich an deinem
nasenrücken treffen und
die innenseiten deiner
augenhöhlen reiben und
zuletzt die wulst aus
haut die aus dem druck
in die wachheit gleitet ich
durfte auf die strasse sehen
aber niemand mich ich
bin unsichtbar mir und
den anderen die strasse

ist ein spiegel vor dem
deine jalousien hängen
doch die luft kühlt mich
ihr kalter hauch zwischen
den rippen der klang des
windes das klappern der
glieder die klingen über
die ich meinen apfel schiebe
bis er in scheiben auf meine
schenkel fällt ich atme wie
ein insekt der fleck auf
meinen augen fliesst
über meinen nackten
oberkörper die algen
biegen sich im wasser
vor dem sturm jede nacht
löse ich die fäden meiner
gewänder auf und ziehe
mit den nadeln zeilen
auf meiner brust er
wird nicht zurück
kommen auch wenn
er kommt und mit ihm
auf dem ruhenden spiegel
des wassers die wellen die
mein spiegelbild verzerren
unter der gischt seines
gesichts ich muss trinken
die atemöffnung des
insekts der punkt auf
der innenfläche meiner
hand aus dem der himmel
strömt zuerst war es nur
einer dann der zweite
punkt auf der anderen
hand ich dachte ein stich

ein insekt im winter
ausgebrütet in meinen
kleidern meine hände
schwitzen tropfen
für tropfen überflutet
die lebenslinien wenn
ich dich berühre berührt
dich das wasser mit mir
und ich bin der stein um
den es sich krümmt und
den es höhlt mit seiner
kraft meine haut spannt
sich unter der zeichnung
des marmors als läge
in seinen adern das bild
einer anderen die man
aus ihm schlagen muss
wenn der stein ruht
träumt er das spiel
ihrer glieder in sich
ich bewege mich nicht
nur die punkte auf meinen
händen spannen einen
unsichtbaren faden ein
streifen licht auf dem
teppich eine schnur die
wenn mein kehlkopf sie
berührt zu schwingen
beginnt dieser ton auf
den meine stimme sich
legt ich habe seit tagen
nichts gegessen wenn
es regnet öffne ich den
mund und sammle die
regentropfen vor dem
fenster ohne es zu

öffnen warum sollte ich
es öffnen mein körper
öffnet sich wird sich
öffnen du glaubtest mich
hypnotisieren zu können
die wärme deiner blicke
auf meine frierenden lippen
zu betten bis brandblasen
sie zu dünen wandeln die
aus meinem gesicht wandern
den hals hinab über mein
brustbein dort wo du mich
am liebsten geküsst hast
hinab zu meinem nabel
hinein seinen krater
ausbrennen mit feuerringen
du könntest deine zigaretten
in meinem nabel anzünden
die haare auf meinen armen
wie trockenes stroh die
wasserflasche auf der kante
des tisches empfängt das
zittern meiner glieder der
boden unter meinen zehen
sammelt die schritte die ich
nicht gehe erinnert sie für
deine augen die nach spuren
suchen werden denn wenn
du bei mir bist läufst du
weiter auch wenn du stehst
möchte ich mit dir laufen
bewegungslos unter deinen
händen mit dir laufen hinaus
laufen rennen stolpern meine
hand am knöchel deine die
mit weiterreisst der schlamm

an den fussohlen ein kieselstein
der felsen der den abhang hinab
rollt ins meer die gletscher die
sich in meinen armbeugen
ausbreiten ein reifenprofil
die zeichnung des blattes im
fallen seine adern während sie
sich verfärben ich bin ein
blatt doch der baum ist
gefällt ich schwebe in der
luft in meinem zimmer die
luft strömt durch meinen
perforierten körper tanzen
tanzen nur mit den lidern
bassmembranen statt
pupillen in den augenhöhlen
der hades verzweigt seine
ströme in meiner iris wie
bunt das reich der toten
strahlt und ich muss immerzu
meinen kopf drehen damit du
mich nicht siehst meine ohren
hören nur den kreislauf der
blutwasserfälle keinen gesang
es singt in mir der wind du bist
die fluchtgeschwindigkeit
meines atems wie er aus meinen
lungen flieht wie du die
ablagerungen deiner berührungen
in meinen nervenbahnen ich
blieb und er liegt im schrank
wie unter einem ruder unter
wasser gleichen algen dem
haar einer unsichtbaren deren
körper das wasser fortgespült
hat unter den ruderschlägen

deines schiffes im bad läuft
das wasser über das handtuch
in der wanne in die ich seinen
kopf getaucht habe damit die
träume weiterfliessen die autos
stauen sich an der ampel
du liegst gekrümmt in einem
kofferraum aber fährst ein
schilfrohr zwischen den
lippen holst du deinen atem
aus der nacht saugst das licht
der scheinwerfer aus den
pfützen blickst aus den
rücklichtern in die augen
deiner verfolger immer fühlst
du dich verfolgt von jedem
meiner gedanken verfolgt
sie finden dich spüren dich
auf folgen deinen spuren wo
du sie verwischen willst
ich bin dir nie so nah wie
durch meine abwesenheit
das telefon bist du das
ich lasse es läuten woher
rufst du an von unterwegs
ich werde den hörer nicht
abheben mein ohr an der
muschel das rauschen
deiner wellen du hast dir
mit einer zahnbürste die
nagelbetten poliert deine
füsse in vibrierendem
wasser die hosen über den
knien dein t-shirt im trockner
in der waschtrommel deine
socken im kreis laufend

als du das fieber bekamst
öffnete ich das fenster und
wollte den mond auf deinen
blauen lippen spielen sehn
ich bin eine mondoberfläche
und deine du wirst keine
schatten auf mich werfen
du wirst nie wiederkommen
aber ich ziehe das meer von
den ufern und flute deine
hände im sand spül dir das
blau aus den augen in das
blau meiner wellen ein
tropfen fällt von der decke
das telefon läutet eines
morgens wachte ich auf
und konnte nicht stehen
ich war wie gelähmt selbst
meine träume kannten
mich nicht mehr prallten
ab an meiner taubheit ein
pelz wächst auf meiner
haut den du nicht sehen
wirst nur spüren wenn
dein fleisch in mich taucht
wie in den tau einer wiese
unsere haare werden
ineinander wachsen die
spitzen werden sich
umfangen verknoten
fühlst du die ersten knoten
hier und hier und hier
würdest du wärest du
blind mich wiedererkennen
vielleicht sollte ich ein
stück spazierengehen und

erkannt werden und
plötzlich fallen meine hände
ab und jemand nimmt sie
auf und berührt mich mit
ihnen und ich erinnere mich
an dich die fremden hände
jede hand hat einen roten
punkt der in ihr leuchtet
ginge ich auf die strasse
jetzt wo es nacht ist müsste
ich nur den händen folgen
ihren punkten flirrend in
der luft den händen in die
schächte den händen an
den abzügen an einem
feuerzeug und über der
flamme den händen beim
brotschneiden in der küche
wenn das messer nicht
innehält und die hand
ihren willen vergisst den
händen die in taschen
greifen eine hand die
schreibt und das licht
fällt durch den handrücken
auf das papier ich stehe in
einem gestrüpp wenn ich
mich bewege zerkratzt es
mein gesicht nachdem ich
aufhörte meine pflanzen zu
giessen fingen sie zu wachsen
an in die mitte des zimmers
zu mir bis unter meine arme
bald werden sie mich zur
decke tragen und tauchen in
den beton ich möchte das

meer mit beton übergiessen
dass alles still steht wie ich
was ich nicht vergessen kann
wie unter unseren blicken
alle dinge sich verändert
haben doch am ende mussten
alle spuren gelöscht sein
ein sauberes ende die walze
der elektrische fussschalter
das laken unter den eisen
einfüllstutzen ventile du
befeuchtest meine lippen
der bügeltisch das ärmelbrett
ich zieh dich an die abluft
meine wange stützschenkel
staubbeutel zum platzen
gefüllt die nagelschere
und alles in einem zimmer
nicht grösser als ein schrank
öffne die tür und das licht
geht an ich stehe da allein
und die luft scheuert ihre
bürsten an meinen brüsten
heiss ich kann ihnen helfen
du wirst mir nie helfen
es ist wie einschlafen
ein steriles tuch als würde
ich mit wachs überzogen
als würde es aus deinen
ohren tropfen auf meine
schreienden augen und
den gesang meiner lungen
ersticken die aderklemme
in deinen transparenten
handschuhen das ballett
der arterienpinzetten

wundhaken in den fels
geschlagen für deine tritte
was willst du mit dem
löffel der schärfe seiner
ränder was soll die sonde
in meinem kopf warum
bewege ich mich oder
bewegt sich der tisch
biegt sich die schere oder
biege ich mich in sie lass
mich die nähte auflösen
mir ein neues kleid zu
nähen es ging so schnell
zu schnell warum schreibt
dieser leuchtende himmel
meinen puls auf die silhouette
mein herz hinter den jalousien
beginnt ein neuer tag
vielleicht sollte ich einfach
aufstehen die tür öffnen und
dir entgegen gehen bleib
stehn du darfst dich jetzt
nicht bewegen meine hand
ist dir so nah

# nab

sie hatten keine chance
glauben sie mir es
war ein fehler sie
haben fehler gemacht
die zeichen sprachen
für sich waren von
anfang an in ihre körper
geschnitten ihr pflaster
irritiert mich können sie
bitte aufhören mit ihrem
pflaster zu spielen und
ihre hände still halten
ich weiss ihr spielraum
ist gering es ist nur eine
bitte es irritiert mich ich
stelle mir ihre wunde vor
den schnitt es war doch
ein schnitt ein messer
nehme ich an vielleicht
ein schilfrohr die klinge
eines rasiermessers eine
wolke die hände im
himmel ich habe den
horizont immer als eine
wunde begriffen jeden
morgen bricht sie auf
jeden abend schliesst
sie sich ist ihnen dieses
klebrige gefühl nicht
unangenehm darf ich
auch einmal ziehen sie
müssen es sehr langsam
machen die spannung

halten der reiz liegt in
dem spiel zwischen
bindung und freiheit
oder sie reissen das
pflaster einfach ab
heben es am rand
leicht an und dann
genügt eine schnelle
entschiedene bewegung
das verstärkt den schmerz
aber verkürzt ihn auch
lieben sie nicht auch die
endlichkeit eines stechenden
schmerzes den schrei
das eingetrocknete blut
auf dem rauhen weissen
stoff den geruch der
desinfektion man brennt
eine wunde aus die
zeichen waren ihnen
eingebrannt sklave
verbrecher verräter
geächtet durch die
schönheit ihrer zeichen
ihre sprechende haut
sie waren unrein das
ritual sie zu meiden
sie hätten diese situation
vermeiden können das
muss doch für sie
unerträglich sein ich
könnte das kaum ertragen
aber sie werden dafür
bezahlt ich bezahle sie
dafür sie zurück aus
meinem kopf zu holen

ich glaube wir hatten uns
auf ein erfolgshonorar
geeinigt als ich sie auf der
strasse ansprach ich
interpretierte ihr mitkommen
als kongruentes handeln
eine art kaufvertrag durch
blicke geschlossen wenn
ich auch ihre augen hinter
der sonnenbrille nur
mutmassen konnte aber
ist nicht unser leben eine
einzige mutmassung ich
habe sie ausgewählt wie ich
die beiden ausgewählt habe
auf einem öffentlichen platz
sie sass er lief sie umschrieben
ein magisches feld als ich sie
berührte brach aus ihrer
haut eine blume nichts weiter
als eine physische unstimmigkeit
werden sie einwenden ich las
es als ein körperliches zeichen
göttlicher gnade eine art
blütenstaub eine verwehung
des paradieses das natürlich
nur mehr eine wüste ist aber
im moment der zerstörung
nahm der staub die samen
mit sie flirren noch immer
in der luft sehr vereinzelt
ja aber dennoch manchmal
legen sie sich auf die haut
eines menschen ein moment
des glücks und das glück
ist doch sehr unrein ein

makel eine verstopfung
der schutzfilter eine
verschmutzung der poren
soll ich ihnen ein taschentuch
reichen im bad müsste eine
schachtel kleenex sein ich
werde mir vorher die hände
waschen ich will mich nicht
an diese seifenspender
gewöhnen die flüssige
spucke zwischen meinen
händen ich habe jedesmal
eine empfindung wie ein
grauen wenn ich jemandem
mein innerstes aufdecken
soll ein hund der seine
zunge in eine graue pfütze
steckt hören sie meinen
atem ich habe den hahn
laufen lassen das wasser
läuft in die wanne wir
haben noch etwas zeit
heisses wasser der dampf
wird die spiegel beschlagen
als würde der nebel in
dieses zimmer kriechen
durch alle ritzen unter der
tür aus dem gang durch
das gekippte fenster ein
nebel wie der atem des
schreckens der atem der
immer vor dem mund
kommt ich trage den
winter mit mir stört
sie der wäschebeutel
bekommen sie genügend

luft ich finde ihn geradezu
ideal für mein vorhaben
weisses plastik eine schnur
der atem zeichnet sich
darunter wie ein herzschlag
ab darf ich ihnen ihre schuhe
ausziehen wie kalt ihre
füsse sind neigen sie zu
kalten füssen zu frieren
nehmen sie einen zug aus
meiner zigarette aber ja
ich wollte ihnen erzählen
von den beiden sie werden
das wasser zunächst nicht
auf den boden stürzen hören
ich habe den ganzen boden
mit handtüchern ausgelegt
ich liebe es wenn sie sich
mit nässe vollsaugen liebe
es sie dann auf meine brust
zu legen über das gesicht
auf meine beine bis ich
ganz unter ihnen verschwinde
ich habe des öfteren angst
angst auszutrocknen als
würden meine adern in mir
verdampfen leere arterien
wie hitzekanäle und all
das wasser tritt aus meiner
haut flüchtet in tropfen
aus meiner haut treibt
sich als schweiss nach
aussen ich liege in der
wanne und schraube den
duschkopf in meinen
mund natürlich haben sie

meinen defekt sofort
erkannt sie wussten dass
meine normalität eine lüge
ist und mein ganzer körper
eine prothese man hat es
mir lange verheimlicht und
so habe ich es auch vor mir
verheimlicht es gibt viele
von uns ich erkenne sie
als würde das metall sich
anziehen ich suche alle
folgenden seriennummern
es ist ein kompliziertes
verfahren die nummern
zu decodieren meine
fehlerquote ist beachtlich
ihnen gegenüber kann ich
das so sagen ich bezahle sie
ja für ihre diskretion meine
physische deformation ist
die perfektion sicherlich finden
sie mich attraktiv anziehend
das täuscht über meine
charakterschwächen hinweg
unnatürliche leidenschaften
willensschwäche obwohl
sie die symptome vermutlich
phylogenetisch interpretieren
würden was zu einfach wäre
ich habe angst vor dem spott
anderer ich bin mir der
aufrichtigkeit in meiner stimme
bewusst glauben sie mir ich
habe gerne sex doch das
sollte sie nicht verunsichern
ihr atem beschleunigt sich ja

sofort ich benutze gerne
versatzstücke anderer personen
um meine eigene zu formen
ich sammle geradezu defekte
ich forme das deformierte zu
einer einzigartigen schönheit
im zerbrechen natürlich bin
ich längst auch sie auf jeden
fall das was von ihnen bleiben
wird standen sie schon einmal
vor einem spiegel und dachten
sich das kann ich nicht sein
ganz ruhig ohne aufschrei
diese glückliche person das
lachen diese unerträglichen
lachfalten dieses blitzen in
den augen die freude des
wiedersehens nach wochen
der dunkelheit nein sie
suchen einen taschenspiegel
lassen zunächst das wasser
über ihn laufen und versuchen
es erneut das gleiche lachen
ein gesundes gesicht nicht
nur gesund nein schön keine
operativen eingriffe keine
korrekturen der nasenflügel
keine aufgespritzten lippen
eine stirn aus glas ich weiss
sie würden mir zutrauen alle
erreichbaren spiegel mit
photographien voll zu kleben
wunschbilder aber nein das
habe ich mir nicht gewünscht
dieses glück es muss ein
fehler sein ich könnte auch

blind sein nach einer amputation
spürt man ja noch schmerz
in der abgetrennten hand
fasst die dinge menschen an
wahrscheinlich habe ich keine
augen mehr nur glasaugen
in meinen augenhöhlen die
mir ihr abbild nach innen
spiegeln jetzt sitze ich schon
seit stunden mit ihnen an
dieser haltestelle und sie
bewegen sich nicht sprechen
kein wort nur ihr atem ist
anwesend in meiner hand
ich wollte die beiden nicht
überfahren gerade als sie
sich wiederfanden er stand
sie lief auf ihn zu und ich
riss das steuer um vielleicht
bin ich auch eingeschlafen
ein sekundenschlaf und die
sekunden dehnen sich nun
mit mir ins unendliche ich
möchte nicht aufwachen
ich spüre ihre nähe das reicht
es war ein reflex haben sie
keine reflexe ich wollte sie
nicht schlagen die sitzung
hatte mich aufgewühlt
dass alles zurückkam das
hotelzimmer die beiden ich
nach seinem tod wie er alle
spuren verwischt hat er hat
über seinen tod hinaus mich
betrogen alle pincodes
vernichtet die nummern auf

seinem telefon gelöscht konten
auf die ich keinen zugriff habe
keine notizen kein satz keine
kein fremdes gesicht in der
leichenhalle er wollte verbrannt
werden eingeäschert es war
ein unglück turbulenzen ein
vogelschwarm in einem schwarm
schwarzer vögel nur meine
vermutung seines zweiten
lebens er war immer unterwegs
nur einmal das hotelzimmer
ein doppelzimmer aber ich
habe nichts gefunden als
ich den schrank öffnete ein
gefühl ein fremder geruch
im badezimmer die handtücher
auf dem boden zwei handtücher
nirgends ein haar das bett wie
unberührt nur das fenster
gekippt davor jalousien
eine frau hat hier auf ihn
gewartet ich wusste es als
ich ihre hände sah während
ich ihnen alles erzählte wusste
ich es plötzlich und die angst
vielleicht ist er nicht tot ich
bin davongerannt in meinen
wagen ich wollte nur fahren
mich aus mir selbst beschleunigen
die bilder in mir so schnell
werden lassen dass ich sie
nicht mehr erkennen kann
doch dann im rückspiegel
ich musste umdrehen es ging
alles so schnell danach kann

ich mich an nichts erinnern
bis sie kamen nur spüre ich
nur eines ich liege im
regen und die sterne singen
in den regentropfen auf
meiner haut die schläuche
wachsen aus meinem körper
zurück unter die erde der
wind drückt mein herz
zurück in die brust und
das gras fühlt sich an als
wollte es mit den vögeln
in den süden ziehen
ich fühle ihre hand
versprechen sie mir eines
schalten sie ab wenn ich
die augen öffne

# sympathische geflechte

## luftfeuchtigkeit

als könnte ich deine haut mit
dem himmel verwechseln
wandern meine lippen wie
wolken über deine schenkel
unter deinem immer schnelleren
atem der aufgehenden sonne
zu über der sie mit ihren
schäumenden rändern zu
flüstern beginnen bis sie
glüht und höher steigt ihre
hitze aus deinen augen strahlt
und ich im schatten deines
knies auf den regen warte
auf meiner zunge die ersten
tropfen vor dem gewitter
das kommt mit deiner hand
in meinem haar

## morgengymnastik

irgendwann wird alles gut
und du schnappst nicht
beim aufstehen nach luft
als müssten im nächsten
moment sauerstoffmasken
von der decke fallen ein
tag der nicht wie eine
feuerübung beginnt auf
den boden gerollt den
rauch über dir alle fenster
verschraubt der spalt zu
schmal um dich hinaus
zu zwängen während der
himmel mit den raketen
mikado spielt die löcher
seiner überlebensfolie mit
astronautenherzen flickt
und keiner mit der flachen
hand auf die sirenenköpfe
schlägt bis sie zu heulen
aufhören irgendwann wird
dein anrufbeantworter nicht
mehr für dich lügen müssen
die suchmaschinen fahren
ihre fangarme ein du ziehst den
tesafilm von deiner netzhaut
ab spülst deinen mund mit
flugbenzin aus hältst deine
benutzeroberfläche unter den
massagestrahl und freust dich
an der tiefenschärfe deines
brotmessers der stille des
kaffeefilterfaltens dem loch

im ei das du mit der nadel
aus deinem neuen hemd
aufstichst während du
wartest bis das wasser kocht

# april

die milch auf dem kühlschrank
wird nicht kippen der himmel
spielt mit der sonne fangen
und der zitronenfalter findet
auf deiner hand seinen schatten
ich schäl in der küche orangen
du träumst mit den lippen und
im spiegel kämmt sich der regen
das haar der baum vor dem
fenster nimmt sein erstes aspirin
und die äste neiden den gräsern
ihr grün sie werden sich im wind
bis zum boden neigen ich weiss
wieder was ich will halte kurz
still dort fliegt dein wunsch
zwischen den zweigen schnee
lag in der luft und du glaubtest
ich geh

## am kanal

ich verdiene es nicht unglücklich
zu sein und werde es nicht immer
bleiben wie sich die schiffe neigen
dem ufer zu vergeblich die wellen
den weg zum meer aus der stadt
mit ihren rücken zeigen die taue
sich spannen wie arme auf meiner
schulter wenn ich gehen muss und
mich dreh gegen den wind deinem
herzschlag zu unter deiner haut
sind die flüsse in die ich mich von
deinen lippen stürzen will wenn
du mich fallen lässt nachdem ich
auf den klippen stand der kanal
hat gebrannt bis die kräne die
sonne aus dem wasser auf die
wolken zogen

## last man sitting

*maximilianstr. 36: ein nachruf*

zu viel kann man wohl
trinken doch nie trinkt man
genug trinken macht die augen
hell trinkt was die wimper hält
nunc es bibendum nun heisst
es trinken er goss sich aus
seiner violetten thermosflasche
einen whiskey ein das letzte
war horaz das glas ist übrigens
orginal ich habe es aus dem
schutt gerettet wollen sie
auch einen schluck gut nicht
gabanyi blended eine einzigartige
mischung habe sie aus allen
flaschenresten zusammen
geschüttet neigt sich dem
ende zu aber ich harre hier
aus ich gebe diesen platz
nicht mehr auf selbst die
zeitungsverkäufer kommen
noch vorbei sie werden sich
ihre flügel beschmutzen an
der druckerschwärze dort
beim hauseingang wäre
weniger zug aber ich
bewege mich nicht fort von
hier einzig den gang zur
toilette erlaub ich mir in der
baugrube versickert alles
nur nicht die erinnerung
nachts wird sie vom regen
unterspült wissen sie das

leben ist wie ein guter
roman man will die letzten
seiten nur unendlich langsam
lesen die fingerkuppen
weigern sich umzublättern
man fängt zu trinken an bis
die buchstaben verschwimmen
und man am nächsten morgen
sich an nichts erinnern kann
die seiten zurückschlägt und
von neuem beginnt mit dem
ende lasst uns also trinken
aut bibat aut abeat karl der
graue nein das war dieser
römer cicero man zeche mit
den anderen oder man gehe
weg wie grölten die griechen
bei ihren symposien sauf oder
lauf ich bin geblieben
den anderen hat man den
laufpass gegeben aber ich
trinke nicht allein ich seh
sie alle noch wie gesagt
trinken macht die augen
hell nach mitternacht
kommen sie wieder und
ich höre ihre gläser klirren
den chor ihrer stimmen die
immer zu laut sind für die
einsamkeit hinter den
worten sie sprechen mit
eiswürfeln zwischen den
lippen daran erkennst du
sie wenn das licht durch die
wolkendecke fällt und die
sterne reinschnuppern auf

einen absinth aber sie müssen
stehen wie du mein engel
auch wenn die welt zugrunde
geht ich bleibe hier sitzen

## bospherusbeats

*– ›schreibe auf was du böses und gutes getan hast.‹*
*– ›womit soll ich es aufschreiben? wo ist meine feder, mein tintenfass, meine tinte?‹*
*– ›dein speichel sei deine tinte und dein zeigefinger deine feder, das leichentuch dein papier‹*

das islamische totenbuch

geh in das paradies nimm
ein blatt auf welchem mein
zeichen ist und zeige es er
gab dem taxifahrer die
visitenkarte mit dem kreuz
stadtplanskizze *da werdet*
*ihr nicht eingelassen aber*
*ich bringe euch zu einem*
*ort wo frauen eure hände*
*streicheln werden* seine
augen im rückspiegel
fixierten uns ungläubig
stiegen wir aus und gaben
ihm ein trinkgeld er wartete
bis wir vor der tür standen
und ihn wegwinkten ein
muskelgesicht musterte
uns am eingang liess
die schatten hinter uns
passieren *nur für paare*
seine schweisshand auf
meiner brust du bist
hochmütig auf meinem
rücken aber in meinem
innern wirst du gedemütigt
werden wir drehten uns
um aus dem club sprangen

uns die beats in den nacken
auf der mauer gegenüber
ein graffiti *ich bin das haus*
*der einsamkeit ich bin das*
*haus der finsternis ich bin*
*das haus der würmer was*
*hast du vorbereitet für*
*diesen wüsten ort* ein
mann mit drei blonden
frauen hielt uns auf und
legte seine arme um unsere
schultern *sie sind meine*
*gäste* und schob uns an
dem zikadenzerberus
vorbei *meine freunde ich*
*lege es euch ans herz dass*
*die welt euch nicht so*
*betrügt wie sie mich*
*betrogen hat und mit euch*
*nicht ihr spiel treibt wie*
*sie es mit mir getan hat*
*nehmt euch ein beispiel*
*an mir ich überlass euch*
*alles was ich angesammelt*
*habe* und die mädchen lachten
über sein gebrochenes englisch
und bestellten sex on the beach
der club war wie ein stapel
weisser blätter im wind das
die engelwesen mit ihren
lippenstiftkalligraphien
beschrieben wir standen
am bospherus wo die
motorboote auf neonwellen
männer mit goldenen
korankettchen über den

brusthaaren zur tanzfläche
brachten in ihrem rücken
das fieberleuchten der
moscheen am anderen
ufer über uns der nächtliche
verkehr die betontangente
die den himmel durchschnitt
die mädchen warfen eiswürfel
nach uns fischten sie aus den
blutroten gläsern und fragten
wie wir heissen *sie steigen*
*nicht zu den anderen engeln*
*empor ohne dass sie sagen*
*was ist das für ein atem in*
*der luft es ist die seele und*
*sie nennen sie mit den*
*schönsten namen mit denen*
*sie in der welt genannt worden*
*ist* erklärte unser freund und
liess sich feuer geben dann
verschwanden zwei von ihnen
zu den toiletten *ihr müsst*
*ihnen nach das ist die*
*türkische art dort unten liegt*
*die paradiespforte* wir folgten
ihren flügelschultern und
machten uns vor der treppe
aus dem staub am eingang
wartete wieder das taxi
*haben sie eure hände*
*gestreichelt* und in meinen
handflächen floss noch
immer der fluss als ich
das fenster nach unten
kurbelte und der fahrtwind
mir die segel aus den augen

trieb für die wimpernschläge
der neongeschwüre die
katzenrücken auf den
mülltüten die traurigen
mundwinkel der strassen
verkäufer zwischen den
auspuffrohren für das
feuer der schmiede vor
der stadionkurve für das
hirn des schafkopfs im
bazar auf meinem teller
für das ewige lachen der
melonenscheiben und das
klagende glück des sopran
saxophons auf der brüstung
der dachterrasse die möwe
und das rauschen des meeres
in ihrem schnabel bevor die
minarette zu singen beginnen
wie über den weiten himmel
gespannte saiten die nacht
mit ihren abgebrannten köpfen
zurück in ihre streicholzschachtel
kriecht und die sonne sich an
ihr reibt bis es tag wird

## vademecum

verführung ist die wahre
gewalt die zeile beugt
über dem herzschlag
sich ins offene es ist
falsch zu glauben
die kürzeste linie sei
die gerade der horizont
hat hinter deinen augen
einen rücken deine hand
teilt den vorhang das meer
steht still wenn die wellen
sich überschlagen sie tragen
sich selbst bis zum ufer wo
der sand wartet ihre schrift
von den lippen zu lesen dich
bei mir zu wissen heisst nichts
fürchten zu müssen

# daktyloskopie nach pound

ein weisses tuch am boden
zerquetschte erdbeeren deine
nägel zwischen meinen zähnen
den roten lack im biss lass die
augen zu kau ich deine kuppen
schluck den speichel saug die
tinte aus dem relief deiner
unverwechselbarkeit und frag
mich bist das du dieses labyrinth
auf meiner zungenspitze oder
bin das ich dieses irren durch
wirbel schleifen bögen und
wäre es ein verbrechen jetzt
zu sprechen wenn du deinen
finger in meine lippenkissen
drückst wie in eine wunde
bevor sie sich schliesst

## wasserscheide

wo die flüsse sich trennen
in ihrem lauf zum meer
die grenze das gefälle tief
hinab adern die sich mit
moor füllen der karst auf
den lidern vor dem öffnen
der augen die zeichnung
der landschaft die stirn
des felsens auf der fläche
der hand hamlet hängt
zwischen einer spalte
das eis wie zwei lippen
um ihn seine zunge am
gaumen gefroren sein
blut trennt sich am
schnitt über der brust
und einer geht auf
seinen haaren ins gebirg
läuft bis sein herz in den
brunnen schlägt zum
horizont hin verfärbt
sich die sonne und ein
träumer hält sich eine
rasierklinge wie einen
taschenspiegel vors
gesicht unter der erde
ziehen die ströme die
füsse an fäden bis sie
fallen eine fliegt stemmt
ihre flügel gegen den
himmel und wird ihn
halten für einen tag
für einen wunsch und

die flut bleibt aus diese
nacht wo zwei wasser
sich scheiden fängt das
meer an seine arme
auszustrecken nach dir

## augenschauer

die nähe des regens ein sommergewitter
das strenge herz es fühlt sich mild und
weich wenn dein blau es mit blicken
kühlt die tropfen unter meiner haut wie
aus einem himmel fallen tief in mich du
die netzhaut deiner hände spannst um
meinen körper mich nie mehr aus den
augen zu verlieren nach ihrem schauer

## nachtsicht

die tiere dort am wasser
sehen in der dunkelheit
besser als im sonnenlicht
das fliessen deines haars in
die arme der nacht den wind
wie er mit seinen händen
den tau von deiner haut liest
die lippen des himmels wenn
sie sich dem horizont öffnen
auf deinen atem zu warten den
hauch mit dem ein neuer tag
beginnt aus zitternder luft
und der choreographie der
dünen die nicht aufhören sich
an das gleiten deines körpers
zu erinnern wenn es nacht ist

# zwei zimmer illyrien

## zwei zimmer illyrien

die füsse verfaulen im wasser brandblasen
an den knien ein ölteppich erfindet die
schwimmenden grenzen neuer länder
zwischen den wänden das streichholz
brennt in der höhle der hand auf einem
gebeugten rücken liegt ein spiegel die sonne
einzufangen über den dachbalken fischwolken
ein blauer himmel kiemenwind das rückgrat
des narren wie eine gräte aus dem mund
gezogen eine katze kaut fliegenherzen und
lässt sich die hitze aus dem fell streichen
nur die ertrunkenen schnappen nach luft
sammeln krebse auf der zunge wie worte
verschluckt von den wellen die musik
der fallenden türen auf einer couch eine
frau in trauer zählt ihre muttermale und
welkt dahin nur hände sind zu jung zu
sterben alles was sie berühren beginnt
von neuem zu leben der krieg vor dem
fenster zieht weiter nebenan drehen sich
die ventilatoren das eis klirrt ins glas
ein mann läuft barfuss über das
fischgrätenparkett und sucht seinen
gürtel kratzt die schwimmhäute von
den schreibmaschinentasten legt den
himmel über das durchschlagpapier
und spannt ihn ein wartet bis der regen
kommt die asche auf den boden fällt
wo er sie mit seinen zehen verschmiert
bis er endlich vergisst was er wollte

## olivia

das trauern wie fliegen auf der haut
mein haar längst vor der zeit ergraut
so sah ich aus in diesem augenblick
in diesen augen nur der blick zurück

ich sah dich nicht sah einen schatten
überm herzen mir das herz ermatten
der tod mir ein bruder der bruder tot
den zu lieben mir so zu lieben verbot

mit dir kam in mein leben das leben
denn niemand als du kann mir geben
auf was ich nichts gab hin zum grab
die nacht ist vorbei in dir liegt der tag

## uniformierter

was geht das uns an führt ihn ab
wartet ihr habt einen schönen hals
den ich nun in meinen händen hab
was ihr mir schuldet besser zahlts
ihr sagt nein ihr schuldet mir nichts
das nichts baumelt an einem strick
für nichts als eine laune des lichts
und keiner holt es hängt es zurück
wozu auch denn nichts ist passiert
der gewinnt nichts der alles verliert
aber was geht das mich noch an

## priester

seitdem sagt mir die uhr bin ich zwei stunden
erst dem grab näher sie wird mich umrunden
schwört treue bis dass der tod euch scheidet
die zeit heilt alle wunden woran ihr auch leidet
an der liebe den wolken diesem regen der luft
eure haut wird grau es quält euch die vernunft
im duft des geliebten der erste hauch der gruft
nur sie die zeit hört euch wenn ihr um hilfe ruft

## valentin

verzeiht man liess mich gar nicht vor
kein wort das man an mich verlor ich
war wie luft als eure liebe ich schwor
kaum dass ich kam vertrieb man mich
wie eine stechfliege die einem lästig ist
weil sie verweilt bis du gestochen bist
sie summt und surrt an deinem ohr du
suchst sie und am ende schlägst du zu
ich sah den schatten schon der hand

ich kenn jeden flecken in diesem land
wohin ich kam hat man mich erkannt
ich bin mein leben nichts als gerannt
und wart nur auf dein wort: verbannt
bist du der was ich suchte nicht fand
nicht das wort das sie an meines band

## curio

wenn ich es sagen darf der es singen sollte ist nicht hier
wenn ich es singen sollte was ich nicht sagen darf wofür
braucht ihr einen narren der euch als narren hält das lied
das er sang hielt keinen ton kann sein dass er euch mied
deshalb was er macht macht er nur halb und das ganze
singen ist nur die hälfte wert wenn sie voll ist die wanze
er saugt euch aus bis aufs blut und reibt sich den ranzen
wenn ihr diesen schnupfen musik nennt heisst ihn tanzen
bis er umkippt oder sich dreht bis über das ende der welt
der schrei wenn er fällt und fällt ist ein lied das mir gefällt

## kapitän

ich sah ihn freundschaft mit den wellen halten solang
ich eben sah und ich sah dass er den mast umschlang
und ebenso umschlangen die wellen ihn das sah ich
noch dann verlor ich ihn aus meinen augen das schiff
brach entzwei so wie diese wellen sich brechen am riff
mag sein die fische hatten ein auge auf ihn vergeblich
rief ich nach ihm doch dann schluckte ich salz wenn
er ertrunken ist spült hier das meer ihn ans ufer denn
es spuckt immer aus was es verschlang was sorgt ihr
euch ob das meer ihn geschluckt hat oder so ein tier
das menschen frisst alles gibt es hier auch menschen
von unmenschlicher gier die alles um sich schlachten
und jeden der sie um gnade oder leben bat verlachten
das meer ist menschlicher als all diese inselmenschen
macht ich euch angst drückt eure brust nur fester an
mich das paradies ist hier und ich bin der mann
es euch zu zeigen das meer es brach mein schiff mein
herz habt ihr gebrochen der bruder wird am leben sein
der mast hielt ihn wie ich euch halte bleibt nicht allein

# orsino

spielt weiter gebt mir mehr und mehr hört nicht
auf spielt ich höre nichts warum spielt ihr nicht
lauter ich hör nur diesen einen ton sonst nichts
warum übertönt ihr ihn nicht schreit was nichts
ich höre nichts ich zieh euch die nervenstränge
einzeln aus der haut reiss euch das trommelfell
aus dem ohr und spann es mir über das herz
das taube damit ich höre ob es schlägt die enge
in meiner brust ich ertrag sie nicht für eine terz
ertrüge ich allen schmerz klänge das nicht hell
wenn euer blut in den brunnen tropft ein quell
der wonne wärs mir das zu hören meine sonne
verfinstert sich zu einem dunklen stern komme
was kommen mag der tod diese tödliche stille
sterb ich macht lärm das wär mein letzter wille

# maria

geh häng dich auf nimm dir einen strick
was braucht man denn mehr zum glück
als einen guten strick das geht so leicht
von der hand kann ihn wie worte drehn
nimmt sich nur das leben damit bleicht
etwas aus im gesicht wenn winde wehn
hängt man in heisser luft sogar bequem
und bleibt in bewegung und nicht stehn
wie auf dem boden mit einem messer
in der brust bevor man fällt nein besser
man holt sich ein tau von den schiffen
das dich umhalst mit salzigen küssen
so schmeckt selbst der tod nach meer
ich häng mich dir auch an die beine
denn hängst du dort nicht so alleine
dann fällt zu gehen dir nicht schwer

## bleichenwang

ich wurde auch schon einmal angebetet und hab es
mir verbeten sie flehte mich an mein gott doch ich
heisse gar nicht gott und stand in ihren rosenbeeten
sie warf die hände in die luft ihr duft verführte mich
in ihre roten rosen mich zu betten war ganz betreten
als sie begann nach mir zu treten ist das liebe fragte
ich mich unter ihren tritten doch nicht dass ich klagte
nicht über ihre füsse im gesicht oder gar die dornen
in meinem hinterteil galt es nicht mich anzuspornen
einen strauss ihr zu pflücken aus gebrochenen köpfen
ach das müsste sie entzücken und mich erschöpfen
sie sagte ich hätte das herz ihr gebrochen die rosen
hätten umwerfend gerochen und mich zu liebkosen
zog sie mich raus und schnitt mit ihrer rosenschere
mir die hosen auf bis zum bauch und schrie schere
dich davon du teufel so bat ich mit dem rosenkranz
auf meinem rücken dem dornenreichen sie zum tanz
die teufelsanbeterin und bei allem was mir heilig ist
seh ich eine rose blühen ist es weil sie mich vermisst

# antonio

er will nicht dass ich mit ihm
gehe sagt mir nicht wohin
er geht er geht mir nicht
mehr aus dem sinn ich will
sein schatten sein nahe
seiner haut wenn die sonne
über sein gesicht fliesst wie
die wellen im meer als ich
ihn aus den wellen zog
meinen arm um seinen hals
ich will der atem in seinem
rücken sein die hand die
seinen traum beschützt
wenn die nacht durch
seine wimpern fällt ich
gab ihm alles was ich
habe und habe ihn doch
nicht nur das was ich
von ihm hatte er wird
seinen weg finden wo
unsere wege sich trennen
mir bleibt das meer nichts
konnte uns trennen dort

# sebastian

ich suche wie im fieber doch was suche ich
das fieber reisst mich fort nichts hält mich
mein herz ist eine kugel und sie glüht in mir
wie die sonne bevor sie untergeht nur wofür

die einen sind in den tag geboren voll licht
die andern in die nacht sie wissen es nicht
für mich gibt's keinen tag mehr noch nacht
der schatten hat sich einen schatten gemacht

wenn ich nicht laufe steht mein herz still
es schlägt mich in die flucht wohin es will
vielleicht hat es ein ziel nur wie es finden
muss es suchen bis meine augen erblinden

ich schau in mein gesicht und kenne es nicht
nur die wellen kennen es und wollten es nicht
wenn keiner auf mich wartet wartet das meer
es kühlt mir mein fieber was will ich denn mehr

## viola

ich bin nicht was ich bin und will der welt
nicht ausgeliefert sein als die die ich wäre
wäre ich ich wer mich vor die frage stellt
ob ich kein mann sein will dass ich erkläre
ich sei ein mann das sei ganz ausser frage
sind es nicht männerkleider die ich trage
doch mit jeder weitren lüge die ich wage
mit der ich mich vor mir als er einklage
jedem wort das mich als frau verkennt
und meine züge gesten männlich nennt
wächst die angst dass ich bald bin wer
ich scheinen will nicht sie sondern der
dem der bart nicht auf der lippe wächst
und zwischen den lippen kein geschlecht
das die scham bedeckt bis man entdeckt
er ist kein er wie sie eine sie die versteckt
auch er zu sein ist denn die natur gerecht
wenn sie unsere körper so unterscheidet
ahnt sie nicht wie er ohne sie in mir leidet

# toby

schenk mir glauben sag ich es ist alles eins
es gibt keine unterschiede man macht sie
ich schneid dir ein ohr ab sag es ist meins
ess auch gleich den rest deiner anatomie
dann sind wir beide eins und eins ist eins
und alles was mir gehört ist so auch deins
alle sind gleich wir gleichen uns aufs haar
mit haut und haar sterben wir jahr für jahr
drum sei dankbar dass ich dir das erspar
du hast es gut in mir bei gott das ist wahr
du säufst hurst bist ein wahrer humanist
denn nur der liebt menschen der sie frisst
ach ich hab dich gar zum fressen gern
mein magen er bläht sich schon vor lust
du barbar was lässt du mich verhungern
reich mir die hand ist eins ob du musst

## fabio

ihr müsst unbedingt eure gründe angeben
sonst sind die gründe die euch bleiben ewig
und kalt wie die nadel im herzen die nach
norden schlägt wo das meer gefriert unter
den füssen die zunge wie ein eiszapfen
zwischen den lippen hängt und kein wort
sie mehr erwärmen mag und feuer fängt
in der brust nur der eisbrand bleibt euch
dann der frost auf der haut wenn er euch
mit blumen täuscht die nicht der frühling
treibt und der atem in der luft steht und
ihr zusehen könnt wie er euch verlässt
doch bevor du erfrierst bleibt dir ein
moment von glück und lässt dich zurück
mit einem lächeln das nicht verschwinden
wird wenn du gegangen bist ohne grund

# malvolio

ich werde mich an euch und euresgleichen rächen
ihr habt mich misshandelt als wärs ein verbrechen
zu lieben mit offenen augen zu träumen den traum
den ihr mir abgeschnürt habt mit fallstricken kaum
dass mein herz aus seinen wänden brach fülltet ihr
seine kammern mit blei und habt versperrt die tür
keinen schlüssel fand ich in ihm der das rätsel mir
löste wie diese hand den gürtel ich litt wie ein tier
das man da an seinen läufen aufhängt bis alles blut
aus ihm geflossen ist so blutleer ist mein herz jetzt
auch doch eures wird es speisen ich töte eure brut
ihr entgeht nicht meinem fluch er ists der euch hetzt
nicht ich nur die weite landschaft meiner hoffnungen

## narr

wer gut hängt braucht keiner fahne zu folgen
ich desertiere nicht auf füssen mit dem genick
schick ich mich in die hängepartie zum glück
wird das unglück mir folgen bis zum galgen
und der strick reisst wie zuvor meine geduld
an einem seidenen faden hing wer ist schuld
an diesem fadenscheinigen leben ich bin es
dem sie die schuld geben ich halte den faden
geschmack nicht mehr aus als wärens maden
die ich kaue hungernd nach dem sinn nur des
lebens aus den larven hier in meinem bauch
werden keine schmetterlinge mehr ich hauch
euch an sagt hängt da eine fahne folgt länger
nicht dem narren was folgt ist nur sein letzter hänger

# solarisation

## wolken und brüche

die laufschrift auf dem bildschirm
sturmwarnung für die nacht ein
talkmaster bläst in seine kaffeetasse
vor den türen auf dem vormittags
aufgeschäumten flurteppich
milchflaschen *bitte verlassen sie*
*ihre wohnung nicht* der aufzug
zittert nach unten der kroatische
doorman liegt eingesunken den
rücken gegen die säule gelehnt
auf einem plastikklappstuhl sein
zwerchfell vibriert unter seinen
asthmatischen atemzügen und
der lautsprecherbox seines
taschenradios auf dem bauch
*i feel safe so safe* er schreckt
von meinen schritten hoch seine
thermoskanne kracht auf den
boden *alleine heute nacht* ich
steh schon im ausgang zwischen
klimaanlage und hitze das
gewitter wird die luft durch die
wolkentrommeln schleudern der
mond über soho dreht sich *die*
*amerikanischen frauen sind die*
*besten duschen sich dauernd* er
knüpft sich seinen krawattenknoten
neu *mindestens dreimal pro tag*
das nachrichtenzeichen *ich hab*
*ihn nicht gewählt* er sucht einen
anderen sender *thunderstorms*
*rasiern alles ab* er lächelt *unten*
*du verstehst schon* ich will gehen

*es gibt kein besseres land schau*
*mich an* er unterdrückt ein husten
*hatte nichts ausser diesen händen*
*habe mich aus den kellern hoch*
*gemauert und den schrägen vögeln*
*gezeigt was ein lot ist bis sie mich*
*zum aufseher befördert haben*
*nannten mich den deutschen weil*
*sie spuren mussten* die bilder
der überwachungskameras auf
dem monitor über seinem kopf
wechseln alle drei sekunden
*ich wollte dich nicht beleidigen*
er will mich nicht gehen lassen
*im urlaub flieg ich zurück die*
*taschen voller fünfdollarnoten*
*und lass die stewardessen für*
*mich laufen nur champagner*
*was sonst kann nicht schlafen*
noch bevor ich etwas sagen kann
winkt er ab *die turbulenzen*
seine hände zittern *es wird*
*regnen* sein arm liegt auf meiner
schulter als müsste ich ihn stützen
*pass auf dich auf* er ruft mir
noch nach *ich hab diesen grünen*
*gewählt* dann verschwindet er
wieder zu seiner säule und drückt
die radiobox zurück aufs herz
taxis ziehen ihre schaumspuren
über den asphalt der mond hüllt
sich in sein plastikcape papiertüten
nehmen ihre ersten flugstunden der
himmel lässt sich seine blaue haut
von blitzen piercen und überzieht
heute nacht seine wasserrechnung

der regen wechselt die kaliber und
greift von allen seiten an spring
fluten hetzen die menschen durch
die hochhausschluchten in über
füllte ubahnschächte aus denen
der rauch aufsteigt die brühe in
den bottichen der chinesenstände
steigt bis die krötenknäuel über
den rand kippen und auf die
fischaugen springen ein kahl
rasierter bleicher mönch schwebt
in der mitte der kreuzung auf
einem orangen tuch zu den
gongschlägen der kollidierenden
blechkarawanen während meine
kreditkarte am geldautomaten
ihr karma verspielt und die
türsteher durch ihre bullaugen
grinsen weil alle plätze hinter
den pforten der höllisch coolen
clubs von den schneemännern
bis zum jüngsten tag besetzt
sind ihren rasierklingendürren
engeln an deren schulterblättern
sie ihre nasen reiben bis ihre
spiegelbrillen blind sind nur
am tresen des mafiaschuppens
mit seinen besoffenen schwarz
weiss photographien ist noch
ein eck frei zwischen den
brüchigen gleichgewichten
der gequälten seelensucher
die jukebox lässt sich mit
geburtstagen füttern und
schlürft scheine aus den
händen ein paar träumt von

einer unsichtbaren band und
küsst sich in die nächste runde
zur nächsten scheibe die einen
wunderbaren tag verspricht
wenn du alles hinter dir lässt
*hi ich bin steve was für ein*
*sturm* er balanciert mühsam
sein glas vor den lippen *gleich*
*gehen hier alle sirenen los*
er schluckt als würde er um
sein leben atmen *ich kenn das*
*ich bin im fire-department*
flüstert er als hätte der schaum
alle feuer in ihm erstickt
*dispatcher am telefon alle*
*in meiner familie sind beim*
*department ist so schon seit*
*generationen als journalist*
*hab ich mal ein atomkraftwerk*
*verhindert mein boss sagte*
*ich sei der beste aber ich*
*war nicht skrupellos genug*
*weisst du für eine gute story*
*musst du deinen besten freund*
*verraten können konnt ich nicht*
*haben trotzdem das teil nicht*
*gebaut hier drüben vor der*
*küste er war taucher hätten*
*ihn rausgeschmissen wenn ich*
*geschrieben hätte was er mir*
*gesteckt hat da jetzt blitzt es*
*hast du das gesehen die*
*telefone werden heiss laufen*
*aber ich habe frei heute soll*
*die stadt doch abbrennen noch*
*ein bier dann war ich in taiwan*

*des kampfsports wegen war*
*lehrer für englisch mann ich*
*würde echt gern zurück die*
*einzige frau meines lebens hatt*
*ich dort konnt es mir dann*
*nicht mehr leisten also was*
*tun fire-department mein*
*boss ist ein korruptes schwein*
*würd ihn sofort abknallen*
*wenn sie uns die waffen*
*abnehmen wird das hier*
*der reinste faschismus ich*
*bin kein rechter nichts gegen*
*einen blow-job du verstehst*
*schon* er konnte sich nicht
entscheiden ob er weiter
reden oder trinken sollte
dann schoss es aus seinen
tränensäcken *ich hätt ihm*
*das leben retten können*
*ich hab ihn sterben gehört*
*hör seine schreie noch immer*
*die kids haben den penner*
*einfach angezündet mit*
*benzin übergossen und*
*dann abgefackelt nur weil er*
*im hausflur lag mit seinen*
*kartons das war den kids*
*ein spass ihn brennen zu*
*sehn und da ruft der typ*
*mich an und brüllt neben*
*mir brennt einer ich hätte*
*ihn retten können hätte*
*dem typen nur sagen müssen*
*dass er sich auf ihn werfen*
*soll und über sich über die*

*flammen rollen bis meine*
*jungs da waren war es zu*
*spät aber meine vorschrift*
*sagt ich darf ihm das nicht*
*sagen hätte ja selbst dabei*
*draufgehen können ich hätte*
*gewusst wie wäre einfach*
*auf ihn gesprungen hätte*
*ich ihm das sagen sollen ich*
*habe ein leben auf meinem*
*gewissen sie haben gesagt*
*ich hätte absolut alles richtig*
*gemacht ganz nach vorschrift*
die kellnerin brachte einen
neuen aschenbecher *hat er*
*wieder die geschichte vom*
*brennenden mann erzählt*
er stand auf und wankte nach
hinten knöpfte sich beim
gehen die hose auf die bar
leerte sich der sturm war
weitergezogen die letzten
schiffbrüchigen klammerten
sich um die ampelhälse und
die zeitung von morgen
tropfte schwermütig ihre
buchstaben auf die rinnstein
zeilen während der kroate
weiter seinen amerikanischen
traum träumte und die aufzug
tür der sonne aufging

## erfolgsaussicht

*wen darf ich bitte anmelden*
uniformierte fragen bedacht
auf wohllautvokale die gesten
geschmeidig das gesicht wie
marmoriert und abgestimmt auf
die tönung der bodenfliesen
der kugelschreiber überflüssig
aber auf der empfangstheke im
goldenen schnitt die klimaanlage
simuliert einen venezianischen
winter *ungewöhnlich heiss für*
*diese jahreszeit* stöhnte zuvor
der fahrer und strich mit seinen
vernarbten fingern immer wieder
über ein phosphorisierendes
heiligenbild das neben dem
lottoschein in der blende
steckte *sie können jetzt nach*
*oben bitte nehmen sie den dritten*
*fahrstuhl zu ihrer linken* in der
tür ein titanumfasster spion kein
name nur eine nummer jeder
schritt bis dahin flaumgedämpft
zweiundvierzigster stock wie
auf ihrer visitenkarte ein gefühl
als wäre ich nach unten gefahren
kein fenster kein geräusch als
wäre ich in einem stollen der
amerika für das nächste jahr
tausend konserviert *come in*
*liebst du sushi ich dachte was*
*leichtes bei dieser hitze alles*
*selbst gemacht du hast doch*

*hoffentlich keine fischallergie*
ihre seidenpantoffeln neben
meinen turnschuhen um den
knöchel ein kettchen wir
wohnen *jetzt vier etagen*
*näher dem himmel* sie hat
ihre haare hoch gesteckt
um ihre wangenknochen zu
betonen beim sprechen
überprüft sie ihren lippenstift
überschlägt mit ein paar
blicken wie ich mich
verändert habe bedeutet
mir mit einer geste sag
nichts ich wollte es so
keine fragen vielleicht
liegt ja ein geheimnis
dahinter wünsch ich mir
und aus meinen handflächen
verschwindet die erinnerung
an ihre schulterblätter ich
möchte den film anhalten
die rollen zurückspulen und
sie lächelt nur als würde sie
mir einen scheck für das
vergessen ausstellen es
gibt kein zurück mehr
ein miniaturhund jagt mit
einem puppenkopf im maul
über die couch französischer
landhausstil *die möbel sind von*
*ihr von mir ist die stereoanlage*
flüstert mir ihr mann gut hörbar
ins ohr während er mich an die
fensterfront führt und ich mich
frage wo ich den quarter für die

aussicht einwerfen muss *dort*
*drüben sieht man die freiheits*
*statue wenn es keinen nebel*
*hat na ja* er reisst die stäbchen
auseinander *es hat fast immer*
*nebel* hochhausdiagramme die
zum himmel ausschlagen kaum
lichter *die energiekrise* krebs
beine in den verklebten reis
gesteckt weiche panzer die wie
chips zwischen den zähnen
krachen *gegenüber das ist*
*das fbi tagsüber reihen sich die*
*schlangen der immigranten um*
*das gebäude* die tempura saugt
sich mit sojasauce voll *eine*
*autobombe und wir fliegen*
*alle in die luft landen als*
*konfetti auf der wallstreet* die
fenster lassen sich bis auf
kniehöhe öffnen *nach dem*
*letzten kurssturz wurden hier*
*paar wohnungen frei* sein
hund rutscht ihm vom schoss
*diese weihnacht wollen*
*wir heiraten* ihre stimme eine
oktave höher sein gesicht eine
maske kalt *warum nicht an*
*halloween* er zündet zwei
kerzen an ich frage nach
einem aschenbecher fehler
*schatz kann ich den saki in*
*der mikrowelle wärmen* vor
einer woche als er und sein
risikokapital nach japan
fusionierten lag sie mit fünf

männern in der hot-tube vier
interessierten sich nicht für
frauen aber für den muskulösen
rücken auf ihr jeden mittwoch
macht sie unterwassergymnastik
und einmal im monat in ihrer
mittagspause den test *das*
*wichtigste ist positiv zu denken*
*sonst überlebst du das nicht*
er fasst mich am arm *ich bin*
*mit zwanzig nach tokyo one*
*way stand auf der strasse mit*
*nichts als meinem willen und*
*habe es geschafft* ich dachte
daran dass samurai sich vor
dem kampf schminken als
er sich mit der serviette die
lippen tupfte und ich ging
ihr abschiedskuss war eine
sekunde zu lang als dass
ich ihr das alles glauben
konnte im aufzug suchte
ich nach feuer wollte dass
die rauchmelder losheulen
doch meine packung war leer
der tunesische taxifahrer bot
mir eine seiner zigaretten an
*was für eine stadt schau dir*
*all diese menschen auf der*
*strasse an sie sind glücklich*
dann hupte er den alten mit
seinem einkaufswagen von
der kreuzung und bog in den
broadway ein

# defaced

die beiden flatternden
bänder der koransure
vervielfältigen sich im
rückspiegel baumeln
zwischen den augen
der blonden frau ein
zederndduftbaum klemmt
in der sonnenblende
neben dem zerfetzten
stadtplan ein silberner
turnschuh auf dem
gaspedal stop and go
über der automatik
eine seven-up die
schussichere scheibe
durchbrochen für das
wechselgeld zerkratzt
von einer unlesbaren
schrift die skyline ein
ornament im nebel
du sollst dir kein bild
machen der menschen
in den hohlräumen
zwischen trümmern
begraben luftblasen
in den unterirdischen
einkaufsmeilen vor
dem ausglühen der
mobiltelefone dem
letzten i love you
ein paar schritte weiter
entfernt auf dem
anrufbeantworter du

siehst nur die zeilen
der turmstäbe aus dem
schutt gestreckt wie
eine hilfesuchende
hand und die brücke
über dem fluss der
den staub schluckt
bis seine wellen heiser
werden und an das
ufer wie auf eine
schulter schlagen
gut ist es an anderen
sich zu halten denn
keiner trägt das leben
allein

## leonce south of houston

trotz allem ich habe noch eine
gewisse dosis enthusiasmus
zu verbrauchen ich bin es
über staubfäden aus der stirn
zu ziehen die ameisen unter
meinen nägeln mit einem
teppichmesser zu zergliedern
während sich die fliegen unter
meinem mundschutz die nase
mit den füssen putzen bis mein
kopf seine unabhängigkeit
erklärt und fällt als hätt ich
ihn angespuckt nein das leben
ist schön ich liebe diese nacken
schmerzen für einen fingerhut
galle reicht meine wut noch
immer wenns auch nur der
husten ist und mir meine
träume einen stacheldraht
um das kissen wickeln aber
meine milz feuert mich an
null grund verzweifelt zu
sein wir werden siegen du
oder ich uns in eine fahne
rollen und die sterne von
unten leuchten sehen wenn
sie die welt mit brennspiegeln
umstellen und es keinen
winter mehr gibt nur zwei
libellen die sich müde auf
dem strohhalm wiegen

# ausnahmezustand

tarnhelme auf einem parkgitter
in ihren schattenhöhlen eisenstäbe
statt gesichtern sauerstoffmasken
aus rosa plastik eine taschenlampe
marschgepäck ohne rücken über
dem armierten bordstein aus granit
im hintergrund zwischen dem
gebüsch unsichtbar hamlet setzt
sich eine spritze staub in die
lippen und kocht sich die sonne
in einem löffel die krähe am
himmel hat ein feuerzeug im
schnabel america the beautiful
die polizisten ziehen in römischer
schlachtformation als schildpanzer
durch die schluchten des times
square während die häuserfronten
sich in bildpunkte auflösen und
ein blauer krawattenknoten den
krieg erklärt damit die krokodile
in der kanalisation die mäuler
aufreissen für den partisanenkampf
wider die schurken im staat ein
kapuzenjunge wiegt einen faulen
apfel in der hand steckt seine
zahnstocherfahne zwischen die
braunen falten holt aus so weit
er kann wirft ihn über das gitter
in den park und rennt nach hause

# stützpunkte

*nach einem photo aus richard misrachs ›desert cantos‹*

ein fohlenkopf steil aus einem
von einer baggerschaufel
aufgeworfenen hangarförmigen
schlammhügel ragend über
den verschmierten in die
sandtiefen getretenen augen
ein fussabdruck das flüstern
der fliegen in den ohren die
nüstern verklebt mit dreck das
sperrige maul noch halb offen
*hi ich heisse andy warhol und*
*habe gerade einen hamburger*
*verdrückt* über der glänzenden
zahnreihe helle fellwirbel in
denen der wind dreht und den
kadaver kartographiert für die
autopsie des sonnenuntergangs
*bevor ich angeschossen wurde*
*dachte ich immer ich sei nur*
*halb da nie ganz ich verdächtigte*
*mich immer nur fern zu schauen*
*statt wirklich zu leben* männer
in weissen overalls mit silbernen
gesichtsmasken knien mit pinzetten
am boden und sammeln patronen
prüfen die halbwertzeit des
horizonts bevor er sich in das
bombengrab legt *als ich im*
*sterben lag musste ich meinen*
*namen auf eine rechnung*
*schreiben* die wüste strahlt
eine machete zertrümmert die

kerne eines granatapfels nur
ein paar meter weiter ein
improvisierter schiesstand
implodierte fernsehgeräte
bierdosen ausgebrannte röhren
ein durchlöchertes playboyheft
festgeklammert als zielscheibe
aufgeblättert von transparenten
plastikhandschuhen zwischen
den fingern verstümmeltes
glanzpapier zerrissene körper
geplatzte augen über einem
kosmetischen lächeln ohne
schmerz gespreizte beine
unter einem bleigürtel rambo
blutüberströmt und wie ein
christus an den armen gestreckt
von hieben befragt daneben
eine anzeige für springmesser
*rugged independent tough*
cowboys eine herde wilder
pferde in die enge treibend
unter einem blauschwarzen
nachthimmel voller sterne
den weiss mäandernden
rändern der einschusslöcher
auf der letzten seite andy
einäugig die mähne in der
stirn zwischen den händen
ein neues haarspray das
halt verspricht das fohlen
verschwindet unter der
nächsten ladung sand der
baggerfahrer zündet sich
eine zigarette an es wird
kalt werden *berühmt zu*

*sein ist nicht so wichtig*
*wenn ich nicht berühmt*
*wäre wäre ich nicht dafür*
*beschossen worden andy*
*warhol zu sein*

## christian metal

*lasst uns alle niederknien*
zum gitarrenfinale eine
maschinengewehrgarbe
rotorblätterfinger über
den stahlsaiten köpfe
die in den nacken fliegen
als wären die kehlen
durchschnitten aus der
bassmembran ein schrei
die höhen kollabieren
ein junge rammt sich die
faust in den magen *ich*
*bring dich um* der strom
fällt aus nur der drummer
hämmert weiter auf seine
becken ein und die engel
wimmern in ihrer angst
vor dem stimmbruch
*salvation* die bühne glüht
auf und ein pastor breitet
seine arme aus *mit der*
*bibel in der einen und*
*einem gewehr in der*
*anderen hand können*
*wir aus dieser nation ein*
*land gottes machen* vor
dem eingang tränkt john
wayne die pferde der
apokalyptischen reiter
und in der tankstelle gibt
es kein bier mehr an der
kasse erklärt ein halb
wüchsiger milchbart die

offenbarung von smith &
wesson betet kaliber wie
psalmen herunter und
ölt das trommellager
seines gewissens *das ist*
*ein übersetzungsfehler in*
*den zehn geboten es heisst*
*nicht du sollst nicht töten*
*du sollst nicht morden das*
*ist die botschaft* die mücke
auf seinem handteller hat
sie verstanden aber vielleicht
bekommt sie ja eine chance
als wiedergeborener christ
*wir haben eine mission und*
*die mission heisst bis zur*
*letzten kugel erst wenn das*
*magazin leer ist herrscht*
*frieden auf erden* zumindest
auf dem abwaschbaren blauen
pvc-boden seit dem glatten
durchschuss glaubt er jesus
liebt ihn und all die kinder
kommen zu ihm *als ich vier*
*wurde habe ich vom nikolaus*
*eine 410er geschenkt bekommen*
*seitdem habe ich keine angst*
*mehr vorm schwarzen mann*
jetzt ist sie schon fast elf
aber ihre zöpfe reichen kaum
über das bord hinter dem
blümchenkleid eine wand
voller gewehre mit kleinen
kärtchen an den abzügen bis
sie an grossen zehen baumeln
*du sollst mich nicht an den*

*sohlen kitzeln* ermahnt sie
ihren kleinen bruder der sie
dafür mit seinem zeigefinger
erschiesst *jetzt bist du im*
*himmel*

## golden gates

das haus hängt wie eine aufgeschobene
streichholzschachtel über dem strand
in den mundwinkeln der wellen kleben
die surfbretter und der sand sucht sich
seine fussohlen um diesen himmel zu
vergessen die tattoonadel der möwen
schnäbel brennen dem horizont einen
stacheldraht über die glühende stirn
bis die sonne das letzte mal ihre hand
aus dem wasser streckt die autos den
nebel aus ihren auspuffs spucken und
auf der brücke ihre stosstangenlippen
in den rücklichtern schminken für die
türsteher der clubs und ihr vom lächeln
entzündetes zahnfleisch wenn sie die
kryptischen stempel auf die unterarme
drücken und die augen der tänzer im
dunkel glühen wie der farbstoff der
zu den beats geschüttelten drinks
bevor sich ihre mägen in die toiletten
stülpen und keiner die zukunft aus
dem becken lesen will ausser den
egoepileptischen hippieveteranen fern
in den arbeitervierteln den lunaplexus
jünglingen mit ihren roten fussnägeln
in netzstrümpfen hynotisiert vom tiefen
atem der tibetanischen hörner und den
streichelhänden auf den elektrotablas
bis der strom ausfällt und nichts bleibt
als das dumpfe schlagen auf gummi
doch die wiedergeborenen professoren
drehen ihre zauberhüte und fernheilen
das karma der kraftwerke vor der stadt

drücken mit ihren feuchten fingern die
duftkerzen aus und suchen das licht
unter den bauchnabeln der heterohexen
bauen pyramiden aus haschkeksen in
der mitte des raums bis die sonne
aufgeht über der gefängnisinsel und
das radio wie jeden tag die gleiche
vorhersage sendet und als einzig
glückliche die erdbebenspalten zu
singen beginnen

## östlich der engel

die koreaner hier mit ihren
kühlboxen dieser fette dort
der sich die mundwinkel
mit seinen metallstäbchen
hochziehen muss wenn er
mich sieht weil er vor angst
zu schwitzen beginnt ich
könnte ihn wie einen von
ihren stinkenden fischen
damit filetieren und ihm sein
rückgrat so er überhaupt
eines hat aus dem fleisch
ziehen und meinem hund
zu hause zum kauen bringen
doch er würde nur sein
bein heben und draufpissen
es tut mir leid wir müssen
uns hier treffen in unseren
parks würden uns die cops
die burritos auf ihren
flintenläufen grillen die
sind hier alle middleclass
und würden uns am liebsten
hinter gittern sehen wollen
mit ihren abgelutschten
stäbchen uns die sicht aufs
meer verbauen wenn wir
bei uns zu zweit an der
ecke stehen und einer
kommt vorbei und fragt
dich nach feuer sind drei
einzelzellen für uns
reserviert drei ist unsere

magische zahl okay du
wirfst einen weil er
auf deinem gehsteig läuft
in die windschutzscheibe
des nächstbesten autos
und lässt dich erwischen
mit tütchen zwischen den
sitzen aber das dritte mal
parkst du nur falsch und
schon hast du einen stellplatz
fürs leben und viel länger
als du je leben möchtest vier
meiner söhne sind im bau
mein vater war es auch
schon und ich sass im
loch einzelhaft einmal
pro woche zehn minuten
duschen und ein streifen
licht über den dampfenden
duschköpfen ich hatte einen
eitrigen zahn als sie mich
auf den stuhl schnallten
haben sie mir den kiefer
gebrochen und ich sollte
unterschreiben dass ich
gefallen bin ich habe das
laken zerrissen und mir
um meinen schädel gebunden
wie damals als kind
jetzt habe ich hier ein loch
so gross wie ein aschenbecher
aber es wuchs zusammen kann
ja alles noch schlimmer kommen
die schwarzen in der zelle unter
mir bekamen den koller hat
so komisch gestunken die haben

einfach ihre zelle angezündet
nur dann fing alles feuer nicht
nur das bett und der eine hing
mit seinen händen am gitter
weil er alarm schlagen wollte
aber er kam nicht mehr weg sie
mussten die stäbe durchschneiden
mit seinen händen dran der
andere stand auf der schüssel
und die flammen haben ihm
die scheisse aus dem hintern
gebrannt sah bestimmt aus wie
michael jackson als sie ihm den
löschschaum in die fresse
gesprüht haben heute käme
ich nicht mehr aus dem knast
seit sie die gefängnisse hier
privatisiert haben sind wir
wieder was wert bald vermietet
jeder in californien seine
drecksgarage oder abstell
kammer als zelle schnell genug
vermehren wir uns ja du hast
deinen privaten knacki und
finanzierst dem töchterchen das
college damit oder schenkst
deiner alten eine bibel mit
golddruck damit sie auch
mal bisschen ekstase hat
wenn sie zusammen beten
und der teufel sitzt auch
gleich nebenan und macht
den abwasch tanzt zu den
elektroschocks an seinen
knöcheln bald gibt's ne
fernbedienung für alles

oder sie schicken uns
in die wüste um zu sehen
ob uns wie den kakteen
arme wachsen seit ich
draussen bin kümmere ich
mich um die jungs lass die
gangs gegeneinander football
spielen natürlich gibt's da
keinen schiedsrichter der
typ da drüben hat versucht
uns politisch zu bilden jetzt
erholt er sich am strand von
der revolution und sieht den
klassenfeindmädels auf die
arschbacken mehr ist ihm
von der dialektik nicht
geblieben sie haben ihn
fertig gemacht anders als
uns er hat nur einfach immer
wieder seine jobs verloren
raus aus der uni raus aus
der schule haben ihm
unterstellt dass er den
kleinen mädels in den
untergrund geht aber er
gibt nicht auf wir sind das
tattoo dieser landschaft uns
hat die sonne auf diese erde
gebrannt aber wenn die ihre
muskeln spannt verschluckt
sie alles mach dir lieber ein
bier auf und geniess die
aussicht auf die koreaner
dort drüben siehst du wie
der fette noch immer grinst

## repeat

*hollywoodelegie*

I

der himmel hart und spröde die engel
tupfen sich mit den wolken den lack
von den nägeln die flugzeuge pissen
ihr benzin auf die stadt und die hölle
hat ein paar strassenzüge mehr seit
letzter nacht in einem altersheim malen
die kommunisten in grossen zittrigen
druckbuchstaben die untertitel ihrer
träume auf supermarktpappkartons
und strecken ihre arme aus den
rollstühlen während der verkehr
sich auf dem sunset staut die sonne
gegen brillen knallt bis das quecksilber
aus den augen tränt

II

der ozean kippt aus dem horizont
wartet auf die nächste einstellung
und lässt sich seine wellenrücken
von surfern massieren bis er seinen
ölfilm ans ufer spuckt zum gleichmut
der biker in dem bretterverschlag
wo sie mit groben händen die
hummerdärme aus den schalen
brechen das ketchup aus den
aughöhlen ihrer totenkopfringe
schlürfen bevor sie das gas
aufdrehen an den achseln ihrer
maschinen schnüffeln um sie auf
einem reifen in den himmel zu reissen

III

die highways ziehen sich wie lachfalten
durch das gesicht der engelsstadt auf
einem taschenspiegel verschwindet die
strasse der träume in die stirnhöhlen der
traumlosen die sich den wüstensand aus
blauen fläschchen in die augen streuen um
wie gefallene blätter durch die pools zu
treiben ein plakat neben dem hotel schlägt
vor zu verschwinden doch in der lobby
reiben sich die bauchnabelbrillanten beim
tanzen aneinander und der wind bläst den
staub in den himmel der dj presst eine
zitrone über dem plattenteller aus und
zündet sich an so what this is not a love song

IV

die drehbuchschreiber kühlen sich
die hände am unwirklichen blau
ihrer bildschirme dante vermisst in
einem helikopter die höllenkreise
hängt nachts in einer rotlichtbar am
strohhalm seiner bloody margharitas
mr. bach synchronisiert mit orgelnder
stimme pornostreifen verdient sich
eine handvoll dollars extra für den zoo
während brecht den küchenschaben
das kapital erklärt und in seiner freizeit
engel fickt unter den pefferbäumen
treffen sich die termiten und winken
den jagdfliegern zu über dem boden

## frontlines

pound in camouflage achill
en rage oder auch ganz soft
stirb lieber auch du ich will
solang dir die nase tropft
den nächsten erschlagen
nur ein akt der humanität
mein wort keinerlei plagen
eine frage der mentalität
ein stilleben creature morte
nicht sterben töten ist tort
oder pound wie siehst dus
junges blut heisses blut
helle wangen gerader wuchs
standhaftigkeit wie nie zuvor
freimut wie nie zuvor für
den der sein leben verlor
und auf die fahne schwor
war what it isn't good for
to die for den generälen
zum dekor uns zu stählen
für ihre brust uns zu quälen
für den massive burst betet
für uns wir bomben euch
aus der steinzeit target
deleated enemy defeated
kein versteck im gesträuch
der busch muss brennen
damit gott dir erscheint
dieses erbärmliche flennen
um ein kind das weint
wir haben eine neue mutter
die tochter von daisy cutter
sie schlägt ein ganz sicher

bringt euch auf den trichter
pound was sagt der dichter
der mensch ist aufs gute
bedacht auch wenn er das
böse bewirkt wo ist die rute
gebt sie mir ich töte das aas
denn alles fleisch es ist wie gras
und wir sinds die in der wüste
das gras säen hier entsteht eden
und das gas rühr dich nicht
lass den wind reden so ist es
das paradies

## alice in afghanistan

gemach im goldenen nachmittag
gleiten wir leis dahin und ach was
es hier nicht alles so zu sehen gibt
marmeladengläser eingewickelt in
sterne fallen vom himmel hände
beim fangen ganz ohne arme
abzugsfinger mit erdnussbutter
ein raketenwerfer auf der schulter
eines jungen grösser als er selbst
und männer mit schwarzen bärten
als wären sie mit einem lineal
geschnitten ihre schönen köpfe
kunstvoll in tücher gewickelt
und nicht so zerzaust wie die
zöpfe im nacken der gebirge
über denen sich die kampfjets
ihre flügel vom wind kitzeln
lassen bis sie sich schütteln vor
lachen und ihre tannenbäume
fallen lassen dass überall die
lichter aufgehen in jedem haus
in salzsümpfen und wüstenbecken
in stollen ohne christen und in
den bettchen wenn es furchtbar
dunkel ist denn die märchenonkel
spielen mit allen verstecken und
keiner findet sie nicht mal die
streberbomben du hättest sie
sehen müssen wie sie auf den
schulbänken nachsitzen müssen
weil sie sich dauernd verrechnen
und dümmer sind als jedes kamel
am boden doch bald wirds still

und alles lauscht was mit den
spielgefährten ward und ihren
dreckverschmierten gesichtern
um die sich plötzlich solch
geheime erinnerung wand wie
um den welken pilgerstrauss
gepflückt im fernen land

# black box

## black box

alles verlangsamt sich mit
unglaublicher geschwindigkeit
ich spüre meine schritte nicht
nur den druck der sohlen
der sich auf meine lider
überträgt das laufband der
blicke ich denke mich
im windschatten der
vorbeieilenden gestrandet
in meiner netzhaut *halt mich*
*fest* der plastiksprengstoff
in meinen ohren der frieden
kein funke die zündschnur
unter den lippen die stille
hinter meiner sonnenbrille
der kahlschädel mit seiner
kugelsicheren weste über
dem herzschrittmacher
seine verträumten augen
wie zwei leere hülsen
aus dem magazinschlitz
geschleudert die stewardess
knickt ein ihr absatz
bricht die fremde hand
auf ihrem knöchel ihr
schatten *wollen sie*
*etwas trinken* sie geht
barfuss weiter läuft springt
fliegt das rote band
löst sich von ihrem
hals ein luftband
über einem augenpaar
auf der tragfläche

des flugzeugs an den rändern
des seifenspenders am absatz
der turnschuhe der strich
auf dem rechnungsblock
des barkeepers der schnitt
*und was wenn die wahrheit*
*traurig ist* zwischen den
pulsadern der kaugummi
bevor er sich aufbläst
ein lippenstift aus dem
gold gerollt zieht
einen horizont auf dem
spiegel der toilette bis
ihn der bodyguard von
seinem ärmel streift und
dem schwarzen inmitten
der wartenden über den
singenden mund klebt
*this will gonna be*
*my babylon* ich erfinde
sätze für ihn zeilen wie
startbahnen durch die
nacht zwischen den
blitzpunkten der
positionslampen die
der nebel wie leuchtkäfer
schluckt um von innen
zu glühen ich denke
an nichts als an vier
das quadrat meiner
sehnsucht zwei arme
die sich in einer
umarmung verdoppeln
vier minuten vor der
hälfte der nacht vier
takte nach der pause

in deinem atem beim
kuss der lautsprecher
ruft die letzten in die
schleuse dreht seine
pupillenmembran bis
meine augen dröhnen
ich stehe still am rand
meines herzschlags
im kopf es ist niemand
da wenn alles in mir
untergeht hält mich nur
dies wie das gewölbe
steht weil jeder seiner
blöcke stürzen will ich
gleite durch blutbahnen
die luft geht durch die
felder die ähren wiegen
sacht und meine seele
spannt ihre flügel
auf als flöge sie nach
haus als wäre es nicht
so dass der morgen
immer wieder kommen
muss ich möchte mich
auf meinem schatten
schlafen legen *ich liebe*
*dich* und er hüllt mich ein
in seine schwarze decke
als könnte ich darin
überleben in einer haut
aus bronze auf welche
die flüchtigen die vorbei
ziehen ihre handflächen
legen für einen moment
von ruhe und glück
*und weisst du ob du*

*siehst weisst du ob du*
*lebst vielleicht gibt es*
*nichts* ausser einem messer
das die wirklichkeit in
meine adern lässt damit
ich mich vervielfältige
auf den erstarrten
gesichtern voll blut
als würden meine
gedanken all ihre
bewegungen zerfetzen
und ihre glieder hängen
schwerelos in der luft wie
ein ballett aus körperteilen
die sich befreien aus der
schwerkraft und sich
einen neuen körper
suchen eine geschichte
die mit einem fremden
handgelenk beginnt
dem gebrochenen
zeiger einer armbanduhr
zwischen den wimpern
einer kontaktlinse im
ohr des sicherheitsbeamten
dessen funkgerät seine
ersten flugstunden nimmt
und die stimmen in den
himmel trägt man kann
nicht aufwachen wenn
die augen noch nicht
zurück sind und die
wolken aus den träumen
nicht weiterziehen ich
bin bereit bereit sein
ist alles die eiswürfel

im glas schlagen ihre
köpfe aneinander eine
nagelschere in einer
zitternden hand am
anderen ende der bar
die einen flaschenhals
durchschneiden will
vor mir die asche
auf der untertasse
wenn sie zu boden
fällt auf die saugnäpfe
des linoleums alles
zieht mich an der
ellbogen vor dem
aufzugsschalter die
haare des engels aus
fliessendem wasser
er fängt mit einer pinzette
die tränen der frau
während sie auf
ihr schaschlik wartet
und dann statt zu essen
raucht den spiess aus
dem fleisch zieht ihn
mit der rosa geblümten
papierserviette abwischt
und eine olive aus dem
cocktail fischt *eine rose*
um dann unendlich
verzögert und müde
zu dem mann neben sich
zu blicken und seine
fingerspitzen über ihre
geschlossenen augen zu
betten *halt still bitte*
*ganz still nicht zittern*

*so ja so ist es gut*
*lach nicht das ist wie*
*bodybuilding für die*
*augenlider es hilft*
*mir ist heute als schluckte*
*ich mit jedem atemzug*
*eine schlaftablette*
*und meine träume*
*blieben wach*
*hier allein bei dir*
*sitzen und berührten*
*dich* sie schläft an
seiner schulter ein
als läge sie in einem
sonnigen wintergarten
und aus den rolltreppen
wüchsen wandelrosen
ein perser setzt sich zu
mir streift mit den händen
seine hose glatt nimmt
sich mein glas und spricht
zu mir ohne mich dabei
anzusehen in einer sprache
die in mein herz klirrt
*wir sind ein spiegel und*
*das bild darin am rand*
*des wahnsinns lebte ich*
*bis jetzt nach ursachen*
*und gründen suchend*
*ein leben lang schlug*
*ich gegen eine tür doch*
*als ich sie öffnete erkannte*
*ich dass ich von innen*
*gegen sie schlug du*
*findest die spur des*
*liebenden in der welt*

*geh hinaus und schau*
*die zeichen die dich*
*erwarten* als ich die
augen wieder öffne
ist er verschwunden
in meiner tasche finde
ich eine alte münze
ich laufe
gegen die richtung des
laufbands renne ohne
von der stelle zu
kommen *i am coming*
*from new york city but*
*like you my friend I still*
*haven't found what I am*
*looking for* ich hänge
über dem waschbecken
wenn ich mich bewege
fliesst das wasser und
die seife schäumt sich
auf meine handflächen
berge von schaum greifen
nach meinen haaren
goldener schaum der
über meinen körper
kriecht bis in
die toiletten in den
ausguss ich halte
meine stirn unter die
lichtschranke schraube
eine abdeckplatte ab
und lass mich einsaugen
in das glasfaserland
darunter in eine welt aus
lichtpunkten die mich ins
nichts beschleunigen

um mich aus dem paradies
unter einen kreisrunden
plastiktisch zu spucken
wo ich mich zwischen
ineinander verschlungenen
füssen verfange und mich
nicht zu rühren wage
*was für ein verdammter*
*lügner du bist* ein albaner
fängt wie eine fliege die
faust seiner freundin ab
auf dem weg in sein
gesicht kippt seinen
zahnstocher unter seine
zunge zieht das mädchen zu
sich und küsst es reibt mit
ihrer hand die flecken aus
seiner falschen lederjacke
dreht den zahnstocher wieder
lässig nach aussen als könnte
er schwerter schlucken lässt
ihn auf seinen lippen von
rechts nach links wandern
*zigarette* sie hält ihm die
schachtel unter die nase *du*
*weisst doch ich rauche*
*nicht mehr* sie fährt ihm
sanft mit den fingern über
die lippen schnappt
sich den zahnstocher und
klemmt ihn zwischen
daumen und zeigefinger
blickt ihm dabei in die augen
und bricht ihn dann holt
sie sich ein zigarette aus der
schachtel lässt sie wie er

zuvor den zahnstocher
zwischen ihren lippen
kreisen *gib mir feuer*
*oder denke dir eine*
*neue geschichte aus*
er nimmt ihre haare in
die hand lässt sie durch
die hände fliessen und
zieht sie abrupt auf die
tischplatte *du schlampe*
als er sie wieder los und
wie ein gummiband nach
oben schnellen lässt lacht
sie nur fischt sich das ticket
aus seiner jacke bestreut
es mit salz knüllt es in
ihrer faust zusammen und
schluckt es mit stoischer
kälte *denkst du so bleibe*
*ich hier trink spül nach*
er schiebt ihr sein glas zu
steht auf und geht *was für*
*ein erbärmliches spiel*
als er aufsteht rinnt aus
seiner hose sand der ihn
verfolgt eine spur die sich
kreuzt mit anderen spuren
dem sand aus der tasche
beim zoll als der beamte
sie aufschneidet und den
sand zwischen seinen
fingern rinnen lässt ihn
auf der zunge schmeckt
der sand auf der schnauze
des hundes in den ritzen
des gepäckbands der

sand aus den poren des
duschkopfs der sandring
auf dem cocktailglas wie
zucker der sand den sich
die wartenden wenn sie
aufwachen in die augenringe
reiben der sand in der mütze
des piloten der sand auf
der zeitung am boden im
portemonnaie des gehetzten
der es in die plastikschale
vor dem metalldetektor
wirft der sand am boden
des aquariums in der senator
lounge auf dem film als
der photoapparat sich öffnet
der sand weisser unsichtbarer
sand in den sauerstoffmasken
die aus dem flugzeughimmel
fallen der hand der stewardess
der sand zwischen den zeilen
der anzeigetafel das stöhnen
der buchstaben unter dem
sand die sanduhr in der sauna
des hotels unter der erde der
sand auf dem die landebahnen
ruhen um immer tiefer zu sinken
der sand den du mir mitgebracht
hast der sand unter deinen füssen
sand der um die welt reist sand
roter weisser schwarzer gelber
sand eine wüste die ihre dünen
durch die hallen wie arme streckt
und die körper bedeckt mit ihrer
wandernden haut ich möchte
meine haut abstreifen unter dem

sand oder mich von den zähnen
am ende des laufbands schlucken
lassen dass es mich nach unten
zieht dass die füsse auf meinem
rücken rennen die koffer ihre
rollen mir ins fleisch treiben
die absätze sich in meine
schulterblätter bohren wie
eine geheime sprache aus
löchern durch die ich falle
und falle ich möchte wie
ein koffer durch tausend
hände gehen in den bäuchen
der flugzeuge frieren hinter
einem zahlenschloss mein
geheimnis verbergen nichts
als eine fliessende farbe unter
den wärmesensoren sein eine
wimper über den röntgenaugen
der wind unter den ohrenschützern
des fluglotsen die geschwindigkeit
mit der sich alles entfernt ich
will das eis auf den tragflächen
sein und das spray das sie
enteist das benzin in den
schläuchen und die bremsspur
der reifen beim landen das
signal das nicht wiederkehrt
der ball des kindes den ein
fremder auffängt der schuss
in der toilettenkabine die
startbahn der träume
auf dem taschenspiegel
und die kreditkarte die sie
zieht der scanner der
mein photo im pass blendet

wenn der polizist es auf
die glasfläche drückt und
sein ehering einen reflex
auf die wand wirft er winkt
mich weiter wohin weiter
ich werde mein leben
so lange in bruchstücken
erzählen bis es zerbrochen
ist und mir die geschichte
in den händen zerfällt
als würde ich in mein herz
greifen wie in eine tasche
voll spiegelstaub und die
splitter reissen mir die
haut auf mit erinnerungen
aus denen das blut drückt
und ich kann sie mir
einzeln aus dem
fleisch ziehen um sie
in ein glas wodka zu
tauchen zuzusehen wie
sie absinken schwerer
als das durchsichtige
glück in dem das rot
seine farbfäden zieht
wie weit ist es von hier
nach dort vom warten
zum ende des wartens
von der leere zum sinn
vom sinn zur leere von
der identität zur
identifikation von mir
zu dir was ist vorhersehbar
ausser dem sichtbaren
vorher nichts an das
ich mich halten könnte

eine wüste die deinen
ort mit sich nimmt
kein fussabdruck in
dem du ein zweites
mal deinen weg gehen
könntest kein zeichen
das du in einen baum
ritzt für den der nach
dir kommt nur dein
atem im warmen wind
deine hand im schnee
bevor er schmilzt und
du in der pfütze dein
gesicht ein letztes mal
anspuckst ich wechsle
meine kostüme haare
voll schlamm wimpern
aus glasfasern augen
in flüssige luft getaucht
blutbahnen in neonröhren
die lippen gefüllt mit
dem letzten atem eines
erstickenden starkstroms
küsse für den abschied
ohne anfang ich befreie
mich von mir selbst stehe
wie eine leeres supermarkt
regal in einer verdunkelten
ecke in der die schatten
sich ausruhen von den
menschen und ihrem
gehetzten stillstand den
künstlichen sonnen
der finsternis in einem
händedruck schau dir
diese touristen an wie sie

mit ihren abenteuermasken
in den karneval aufbrechen
und in der welt ihre trüben
wohnzimmertapeten wieder
zu finden suchen wenn sie
sich am strand die schuhe
ausziehen und den sand in
ihrer kleidung mitnehmen
und irgendwann sind
die orte nicht mehr
unterscheidbar und ihr
leben wird zu einem
prospekt sie mutieren
zu lastminuteexistenzen
als gäbe es vor dem ende
immer noch eine chance
auf das echte wo sie doch
immer das gleiche suchen
wenn sich auch das gleiche
fortwährend ändert doch
der flug ans ende der nacht
wird nicht gestrichen auch
wenn der tod in seinen shorts
sich die beine verkohlt das
ketchup auf sein schnitzel
drückt das bier mit strohhalmen
säuft und auf allen kanälen
immer das gleiche wetter
zeigt denn es gibt keine
zufälle mehr nur die fallsucht
mein körper der sich nach
vorne neigt in diesem spiel
muss jeder gewinnen und
sein einsatz ist der aussatz
von wirklichkeit bis sie die
spielregeln bricht für immer

ich liege in einem brennenden
auto this is my last song
es regnet asche feuer von
den lippen der plakatwand
die scheibenwischer werden
immer langsamer und
verschmieren die schwärze
vor meinen augen die hitze
auf dem leder des lenkrads
das diktiergerät läuft weiter
ich inhaliere den rauch rosa
rauchwolken meine hände
fliegen durch die scheiben
nur mein fuss bleibt auf
dem gaspedal mein hals
hängt noch an einem
krawattenknoten in der
dusche wasser wasser
der schaum alles wird
weiss das wasser in
meinem körper verdunstet
im spiegel läuft mein
leben ab no rewind eject
der matchboxporsche
in der hand des kindes
es nimmt ein brennendes
streichholz und steckt
es zwischen die fenster
und lässt den wagen über
die theke rollen bis er über
die klippen stürzt ins
meer die sterne für den
farbstoff auf der karte
die rückenfalten des
seidensakkos als wären
sie haut und zögen sich

zusammen sein hemd
quillt aus der hose und
sein dürrer körper fällt
aus dem anzug beim
sprechen zittern seine
augen und er erklärt
dem barkeeper wie
man leichen in flüssen
versenkt er wickelt sich
ein taschentuch um den
zeigefinger dann weiss
er nicht mehr weiter
*probieren wir es*
*anders haben sie*
*oliven und einen faden*
er wickelt die oliven
mit dem faden um ein
zuckerstück und lässt
sich zwei gläser wodka
in schmalen gläsern
bringen *also es ist*
*ganz einfach der zucker*
*das sind die steine und*
*die oliven unsere leichen*
*ein spiel der zucker löst*
*sich auf und wessen*
*olive als erste wieder*
*aufsteigt der hat verloren*
*klar* er verlor zieht einen
tacker aus seiner tasche
drückt sich die klammern
in die zusammengepressten
lippen und fängt zu weinen
an *ich bin eine kakerlake*
*zertreten sie mich* you
lift me up where I belong

there's no better way
to fly überall lieben
sie sich bis die linsen der
überwachungskameras
beschlagen unter ihrem
atem mir wird heiss zu
heiss ich ziehe mich aus
keiner verfolgt mich und
sammelt meine kleider auf
den weissen schal ich bin in
allen augen alle augen glühen
in meinen und glühen aus
in meinen blicken die kälte
meiner hand in deiner ich
fliege alle räume sind leer

# Inhalt

*solarisation*



*black box*

Albert Ostermaier
Autokino
Gedichte

*Gebunden, mit CD*
*120 Seiten*

Autokinos liegen an der Peripherie, wo die Straßen und Geschichten enden, sie sind Grenzstationen, an denen Wirklichkeit und Illusion, Enge und Weite ineinanderfließen. Die Motoren sterben ab, doch die Bilder beginnen zu laufen und verbrennen den Treibstoff der Träume. Menschen sitzen hinter Windschutzscheiben, während vor ihren Augen die Geschichten ablaufen: auf der Leinwand wie im Rückspiegel, dessen Reflexe das eigene Gesicht fremd werden lassen. Und sie ahnen: Die Dinge, die du siehst, sind näher, als du glaubst. Albert Ostermaiers neue Gedichte erzählen von Momenten, da die Filme reißen, von Orten, wo die Rollen wechseln, von Schnitten ins Bewußtsein und vom Aufblenden der Hoffnungen vor dem Abspann. Sie drehen sich im Wendekreis des Tachos, beschleunigen aus dem Stillstand der Verhältnisse ins Tempo der Veränderung, vom Stau der Gefühle in den Geschwindigkeitsrausch der Sinne: *ein gedicht beginnt in der lobby eines hotels und endet mit der wimper auf einem kotflügel.* Und wenn alles gutgeht, die Autos in der nächsten Nacht auf ihre Plätze zurückkehren, die Scheinwerferaugen sich schließen und die Leinwand zu leuchten beginnt, *dann ist das leben ein kleiner billiger film den du nicht mehr nachsynchronisieren mußt.*

»Wer Augen hat zu sehen, der lese, und wer Ohren hat zu hören, der höre: Buch und CD haben für mehr als nur die kurze Weile glühenden und erkaltenden Lebens, die sie beschwören, Bestand.«

*Jochen Hörisch, Neue Zürcher Zeitung*

Albert Ostermaier
Heartcore
Gedichte

*Gebunden, mit CD*
*128 Seiten*

Albert Ostermaiers Gedichte sind Polaroids der Gegenwart, sie feiern den Moment und sind dennoch *on the run*. Sie schlagen den Bogen zwischen dem Chaos Kalkuttas und der Wüsteneinsamkeit des Death Valley, sie intonieren den harten Rhythmus der Städte ebenso wie die Melancholie nicht enden wollender Landschaften, die Hektik der Metropolen und die nervöse Statik großer Gefühle. Jenseits von Idylle und Zynismus können plötzlich *hart* und *Herz* eines sein, kann ein Liebesgedicht mit größter Zärtlichkeit sprechen vom *metall / im mund kalt wie der diamant / auf deiner zungenspitze / den du an meinen zähnen / scharf geschliffen hast.* Manchmal wird das Sprechen zum Flüstern kurz vor dem Schweigen, nicht selten auch zum Schreien. Fast immer eignet diesen Texten etwas Gestisches, kein Wunder bei jemandem, der in den letzten Jahren auch als Theaterautor Furore gemacht hat. Politische Themen finden sich neben Privatestem wie selbstverständlich, wie naturnotwendig: *solang der mond noch / voll ist wie die welt & man / bevor sie schlecht sind / menschen schlachten / kann solang werd ich nicht / fertig sein mit euch & dem / regen mein abc einpauken*, heißt es etwa in der Brechthommage *face fatzer*. Eine BR-Hörfassung, in der die lyrischen Szenen auf klassische Klänge, auf Techno, Ambient und Pop treffen, liegt dem Band auf CD bei.

»Ostermaiers Lyrik will nicht unbedingt entschlüsselt werden. Sie berührt einen Nerv. Und dem geht es gut, wenn sich das Spiel dem sprachlichen Rhythmus ergibt.«

*Sabine Leucht, die tageszeitung*

*Albert Ostermaier*
im Suhrkamp Verlag

Lyrik:

Herz Vers Sagen
Gedichte. 1995
es 1950

fremdkörper hautnah
Gedichte. 1997
es 2032

Heartcore
Gedichte. 1999
Gebunden, mit CD

Autokino
Gedichte. 2001
Gebunden, mit CD

Stücke:

Tatar Titus
Stücke. 1998
Gebunden

The Making Of / Radio Noir
Stücke. 1999
es theater 2130

Death Valley Junction
Stücke und Materialien. 2001
es 3401

Erreger / Es ist Zeit. Abriss
Stücke und Materialien. 2002
es 3421

Letzter Aufruf / 99 Grad
Stücke und Materialien. 2002
es 3417

Katakomben / Auf Sand
Stücke und Materialien. 2003
es 3433

Vatersprache
2003
es 2436